PHOTO by SAP CHANO

TRADITIONAL WAY

HANDWORK

イラストレーション／山川惣治

READING BOOKS

EAT&DRINK&SMOKE

LIVING STYLE

序
TRUE!!
STORY
of
THIS PLANET

ART WORK by HIROSHI MORINAGA, じんりき

“新しい”というだけでは価値はない。
そんなものを買うのは、お金のムダである。
それが人々の暮らしの中で、愛着がもたれ、
大いに活用され、
派手ではないが堅実な人気になれば、
初めて価値が生まれる。
それは古くならないOLD STYLEとなる。
もう、それは新しいとは言われない。
生活を充実させ、人生を豊かにする秘訣は、
そこにある。
古くならないOLD STYLEとともに生きれば、
人生を台無しにする　つまらないことに
振り回されず、**いつも夢と希望に**
満ちた生活宇宙を築ける。

PHOTO by HIROSHI MORINAGA

編集 小島卓

エディトリアル・デザイン 長谷川理

英文 田口奈帆子

古くならないOLD STYLE
生活大全

結局凄え人間になるだろう。
（色川武大）

まずは言葉です。
言葉こそ人の英知です。
言葉は人生の大事な道具です。
しかし、いまや日本社会の言葉は乱れきっています。

先人たちが残した言葉は、心にしみ、真実を教えてくれます。

何になるか決まるまで、長い時間をかけられる奴の方が、

READING BOOKS
black

生きるべき理由を持っている者は、ほとんどいかなる生き方にも耐えられる。（ニーチェ）

カール・ラガーフェルドは語る。

「読書は私の人生の最大の贅沢だ。読書をしているときほど幸せなことはない」さらに「本はわたしの血でありわたしの宇宙だ。わたしは、すべての本を読んで、すべてを見て、すべてに通じていたい」ということだ。

人間のつくった法律や道徳は信用しなくていいんです。

（瀬戸内寂聴）

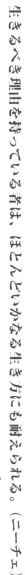

つまりは、人間というもの、生きて行くにもっとも大事なことは
……たとえば、今朝の飯のうまさはどうだったとか、今日はひとつ、
なんとか暇を見つけて、半刻か一刻を、ぶらりとおのれの好きな
場所へ出かけ、好きな食物でも食べ、
ぼんやりと酒など酌みながら……さて、
今日の夕餉には何を食おうかなどと、
そのようなことを考え、夜は一合の寝酒をのんびりと
のみ、疲れた躰を床に伸ばして無心にねむりこける、
このことにつきるな。
（池波正太郎）

いま、藤枝梅安が生きていて、不正をはたらく政財界人や業界人を暗殺していたら、どれほど世の中の風通しはよくなるか、と思わずにはいられない。池波正太郎が、役人どもの低能さを唯一、木っ端役人どもと唾していた。世に小説家は日本でも星の数ほどいるが、大衆が知る代表作をいくつか持ち、いまなおその人気衰えず版を重ねる作家も池波正太郎唯ひとりだ。代表作の主人公は武家社会に属すアウトローであったが、帯刀が許されない町民を主人公にしたのが、連載途中で絶筆となった「仕掛人・藤枝梅安」だ。

ここに、池波正太郎の神髄がある。

池波正太郎

仕事に陶酔する、楽しむ、そういう仕事には気品がある。

（金子光晴）

ILLUSTRATION & COLLAGE by HIROSHI MORINAGA

釣魚大全

自分に入用なものは、品物でも知識でも、自分で骨折って掘り出すよりほかに途はない。
（寺田寅彦）

初版は１６５３年、以来、版を重ねること数百年。釣り人を超え、自然を畏怖する者にとってのバイブルとなっていた。最近、文庫版サイズで復活した。

内容全般は鱒釣りに関しての哲学的考察や技術指導だが、これほどまでに鱒について語られた本はないだろう。ここでは鱒は神がかっている。

そこに、人と鱒が競うスポーツ・フィッシングが生まれた。

鱒の超能力を想うと、最近アメリカで大活躍する大谷翔平や平野歩夢は鱒の生まれ変わりじゃないだろか。

魚と人生

同等。

Heibonsha Library
アイザック・ウォルトン
[完訳] 釣魚大全 I
Izaak Walton
飯田操訳
The Compleat Angler or the Contemplative Man's Recreation
川岸にて釣り糸を垂れる、あの気分を描き、われわれを水辺に誘う、
時を超えて読み継がれてきた、釣りの悦楽を説く釣り師の聖典、
二部・三部を含む、著者最終改訂版（第五版、1676年）からの初めての完訳版。
平凡社

百年も続くコラムが朝日新聞の〝天声人語〟だ。
これは世界最長の連載コラムではないか。
短文に時事的なネタをわかりやすい文章で書く。
おそらくここには日本語の妙があるのだろう。
なんせ、日本人は五七五の俳句で、芭蕉のように、
例えば「閑《しずか》さや岩にしみ入る蟬の声」と読み、
その意味するところは、
閑さは宇宙の無限、岩は不変の永遠、に対し、
蟬の声は蟬のはかなさ、つまり人間の生命、人生となる。
宇宙、時間、人間を見る。

知性が迷妄の密林から脱けでると、いままで聞かされてきたこと、
これから聞くであろうことのすべてに超然と惑わされない。
(バガヴァッド・ギーター)

天声人語

「閑さや岩にしみいる蝉の声」

おそらく、その日本語のときに、言霊も含め、天声人語は世界で唯一の正に〝天声人語〟の閃光を放っているのだろう。

神保町≫ブンケン・ロック・サイド

父親の代には神保町で有名な俳句専門の古書店であったらしい。故にそのときの店名は文献書院という。娘さんがあとを引きついで、サブカルチャー系のマガジン、書籍の専門店にし、カタカナのブンケンにし、扱う主体はロック系のヴィンテージものとなり、その人気は海外にまで及んだ。雑誌に関しては、POPEYE、BRUTUSらのバックナンバーを揃え、この店にくれば、70年代、80年代の雑誌黄金期へとタイムトリップできる。

人間の心とはそういうものかもしれない。（星野道夫）

TRIP

ILLUSTRATION by MICHIHARU SAOTOME

英語で "it made my day" という言い方がある。
つまり、そのわずかなことで気持ちが膨らみ、
一日が満たされてしまう。

デヴィッド・ボウイの人生を変えた100冊

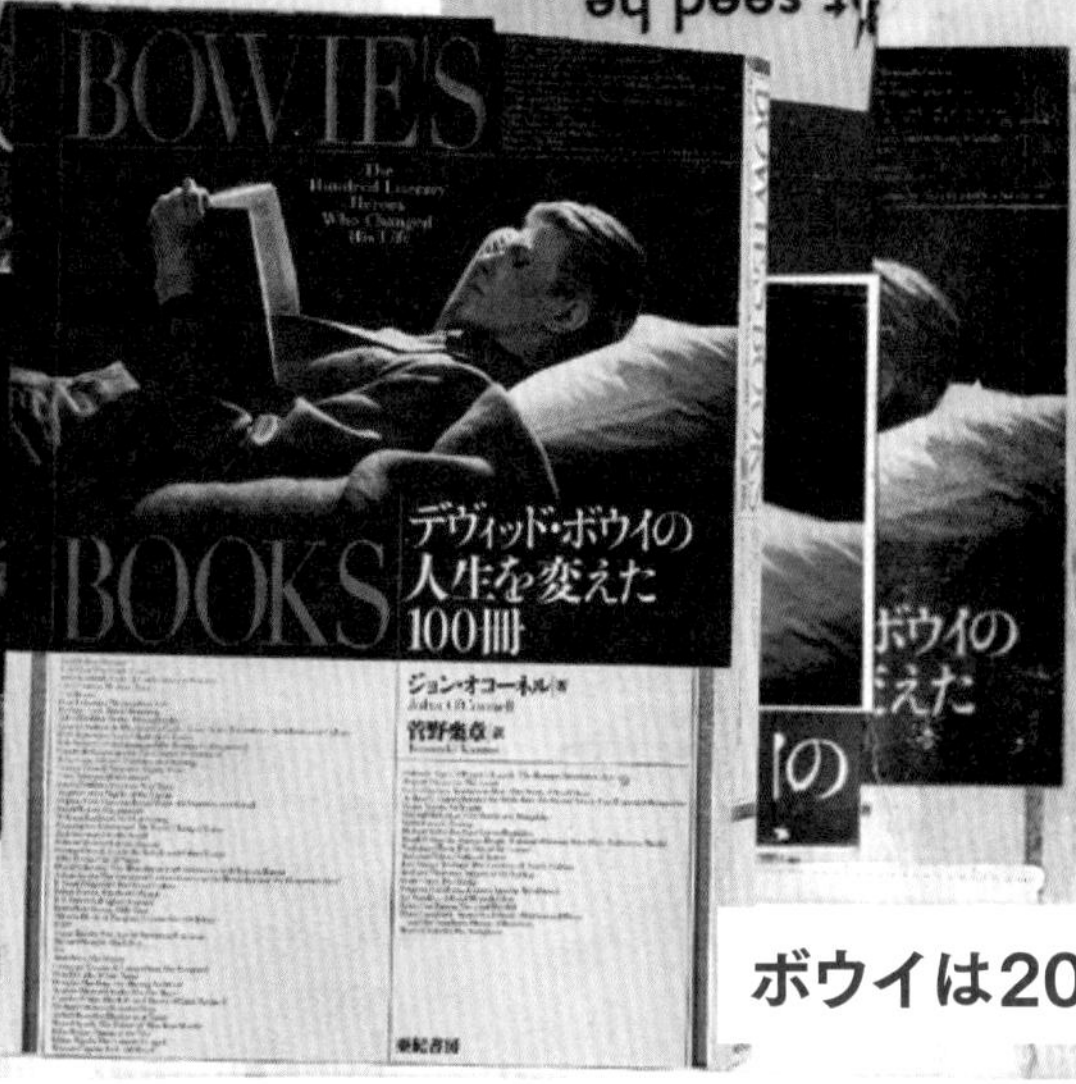

ボウイは2002年に発言している。

「人生のかなり多くを、自分を見つけること、
　自分は何のために存在し、
　自分は正確には何者で、
　自らのどの部分から
　自分は逃れようとしているのか、
ということを理解することに費やした」
そのための読書だったのだ。

BOWIE BOOKS 100

カール・ラガーフェルドもデヴィッド・ボウイも無類の読書家だ。悦楽の筆頭に読書をあげるくらいだ。日本だと、永井荷風が人生最高の悦楽と言っていた。ラガーフェルドは２マン冊の蔵書を誇り、死後パリのブティックにライブラリィが併設された。

ボウイは「移動書架」という大きなトランクに、旅の供として2千冊本をいれて旅していた。ボウイが愛読したという１００冊のリストが出版され、その一覧を見たとき震撼した。余りに高尚、異端なのだ。ボウイのファンです、と軽々しく言えないレベルだった。ここに全冊を紹介する。多分、自称ボウイ・ファンのあなたは一冊も読んでいないはずだ。

1. 時計じかけのオレンジ／アントニー・バージェス／1962年
2. 異邦人／アルベール・カミュ／1942年
3. Awopbopaloobop Alopbamboom／ニック・コーン／1969年
4. 神曲 地獄篇／ダンテ・アリギエーリ／1308〜20年ごろ
5. オスカー・ワオの短く凄まじい人生／ジュノ・ディアス／2007年
6. 午後の曳航／三島由紀夫／1963年
7. Selected Poems／フランク・オハラ／2009年
8. アメリカの陰謀とヘンリー・キッシンジャー／クリストファー・ヒッチェンズ／2001年
9. ロリータ／ウラジーミル・ナボコフ／1955年
10. Money／マーティン・エイミス／1984年
11. アウトサイダー／コリン・ウィルソン／1956年
12. ボヴァリー夫人／ギュスターヴ・フローベル／1856年
13. イリアス／ホメロス／紀元前8世紀
14. 西洋美術解読事典／ジェームズ・ホール／1974年
15. ハーツォグ／ソール・ベロー／1964年
16. 荒地／T・S・エリオット／1922年
17. A Confederacy of Dunces／ジョン・ケネディ・トゥール／1980年
18. ミステリー・トレイン／グリール・マーカス／1975年
19. The Beano／1938年創刊
20. 嫌いなものは嫌い／フラン・レボウィッツ／1978年
21. David Bomberg／リチャード・コーク／1988年
22. ベルリン アレクサンダー広場／アルフレート・デーブリーン／1929年
23. 青ひげの城にて／ジョージ・スタイナー／1971年
24. チャタレー夫人の恋人／D・H・ロレンス／1928年
25. Octobriana and the Russian Underground／ピーター・サデッキー／1971年

26. マルドロールの歌／ロートレアモン伯爵／1868年
27. サイレンス／ジョン・ケージ／1961年
28. 一九八四年／ジョージ・オーウェル／1949年
29. 魔の聖堂／ピーター・アクロイド／1985年
30. 次は火だ／ジェームズ・ボールドウィン／1963年
31. 夜ごとのサーカス／アンジェラ・カーター／1984年
32. 高等魔術の教理と祭儀／エリファス・レヴィ／1856年
33. 荊の城／サラ・ウォーターズ／2002年
34. 死の床に横たわりて／ウィリアム・フォークナー／1930年
35. いかさま師ノリス／クリストファー・イシャウッド／1935年
36. オン・ザ・ロード／ジャック・ケルアック／1957年
37. ザノーニ／エドワード・ブルワー＝リットン／1842年
38. 鯨の腹のなかで／ジョージ・オーウェル／1940年
39. 夜の都会／ジョン・レチー／1963年
40. フランシス・ベイコン・インタヴュー／デイヴィット・シルヴェスター／1987年
41. 神々の沈黙／ジュリアン・ジェインズ／1976年
42. グレート・ギャツビー／F・スコット・フィッツジェラルド／1925年
43. フロベールの鸚鵡／ジュリアン・バーンズ／1984年
44. イングランド紀行／J・B・プリーストリー／1934年
45. Billy Liar／キース・ウォーターハウス／1959年
46. A Grave for a Dolphin／アルベルト・デンティ・ディ・ピラーニョ／1956年
47. RAW／1980〜91年
48. The Age of American Unreason／スーザン・ジャコビー／2008年
49. ブラック・ボーイ／リチャード・ライト／1945年

50. Viz／1979年〜現在
51. ストリート／アン・ペトリー／1946年
52. 山猫／ジュゼッペ・トマージ・ディ・ランペドゥーサ／1958年
53. ホワイト・ノイズ／ドン・デリーロ／1985年
54. 心眼を得る／ダグラス・ハーディング／1961年
55. Kafka Was the Rage／アナトール・ブロイヤード／1993年
56. The Life and Times of Little Richard／チャールズ・ホワイト／1984年
57. ワンダー・ボーイズ／マイケル・シェイボン／1995年
58. 真昼の暗黒／アーサー・ケストラー／1940年
59. ミス・ブロウディの青春／ミュリエル・スパーク／1961年
60. 年上の女／ジョン・ブレイン／1957年
61. ナグ・ハマディ写本／エレーヌ・ペイゲルス／1979年
62. 冷血／トルーマン・カポーティ／1966年
63. A People's Tragedy／オーランド・ファイジズ／1996年
64. 終わりなき闇／ルーパート・トムソン／1996年
65. Nowhere to Run／ジェリー・ハーシー／1984年
66. Beyond the Brillo Box／アーサー・ダントー／1992年
67. マクティーグ／フランク・ノリス／1899年
68. 巨匠とマルガリータ／ミハエル・ブルガーコフ／1966年
69. 白い黒人／ネラ・ラーセン／1929年
70. ブルックリン最終出口／ヒュバート・セルビー・ジュニア／1964年
71. ストレンジ・ワールド Part 3／フランク・エドワーズ／1961年
72. いなごの日／ナサニエル・ウエスト／1939年
73. Tadanori Yokoo／横尾忠則／1997年
74. Teenage／ジョン・サヴェージ／2007年
75. Infants of the Spring／ウォレス・サーマン／1932年
76. 橋／ハート・クレイン／1930年

77. 明るい夜 暗い昼／エヴゲーニヤ・ギンズブルグ／1967年
78. Tales of Beatnik Glory／エド・サンダース／1975年
79. 北緯四十二度線／ジョン・ドス・パソス／1930年
80. スウィート・ソウル・ミュージック／ピーター・グラルニック／1986年
81. ソングライン／ブルース・チャトウィン／1987年
82. 性のペルソナ／カミール・パーリア／1990年
83. The American Way of Death／ジェシカ・ミットフォード／1963年
84. 洪水の前／オットー・フリードリク／1972年
85. Private Eye／1961年〜現在
86. 引き裂かれた自己／R・D・レイン／1960年
87. かくれた説得者／ヴァンス・パッカード／1957年
88. 卑しい肉体／イーヴリン・ウォー／1930年
89. 民衆のアメリカ史／ハワード・ジン／1980年
90. Blast／ウィンダム・ルイス（編）／1914〜15年
91. ベッドのなかで／イアン・マキューアン／1978年
92. All the Emperor's Horses／デイヴィット・キッド／1961年
93. Writers at Work／マルカム・カウリー（編）／1958年
94. クリスタ・Tの追想／クリスタ・ヴォルフ／1968年
95. コースト・オブ・ユートピア／トム・ストッパード／2002年
96. Earthly Powers／アントニイ・バージェス／1980年
97. バード・アーティスト／ハワード・ノーマン／1994年
98. Puckoon／スパイク・ミリガン／1963年
99. The Sound of the City／チャーリー・ジレット／1970年
100. ウィルソン氏の驚異の陳列室／ローレンス・ウェシュラー／1995年

『BOWIE'S BOOKS デヴィッド・ボウイの人生を変えた100冊』
（ジョン・オコーネル著／菅野楽章訳、亜紀書房、2021年より）

EAT&DRINK&SMOKE

PHOTO by
JIN Yoshimura

らしくしろ、ぶるんじゃない。（一龍斎貞水）

有楽町は跡形もなく商業施設がひしめく不毛の街になり、昔のよき時代を懐かしむ人も、もはやこの世にはいないのだろう。

唯、JR高架線のガード下には、文章の句読点のような、ふっと息をつける店がある。

かつての通称YURAKU CONCOURSEの壁面にはボロボロに朽ちた映画ポスターが張られていて、若き日の高倉健や鶴田浩二や植木等らがその雄姿や痛快な笑顔で時を超えて迎えてくれ、銀座側の路地には、主人一人、競馬ニュースをトランジスタラジオで聞きながら働く〝うどん・そば〟の〈慶屋〉がある。名物はカレーうどんだ。その旨さは筆者評して、東京一だろう。カレーうどんを注文し、麺を食べ、残ったカレースープにご飯をいれて食す。

うちは立食いそば屋ではないので、時間のない者はお断わり、と店主の告示が、やはりここの決め手だ。

PHOTO by JIN Yoshimura

有楽町≫慶屋

th ANNIVERSARY

Coffee Embassy

Established 1973
TOKYO

SHINBASHI TORANOMON
AKIHABARA KAMIYACHO
NINGYOCHO

神谷町≫珈琲大使館

1973

COFFEE
SMOKE
50th celebratio
心意気を売る珈琲専門店
珈琲大使館
PHOTO by
JIN Yoshimura

関係はサシでつくらなきゃだめなんだよ、人間は。

（荒木経惟）

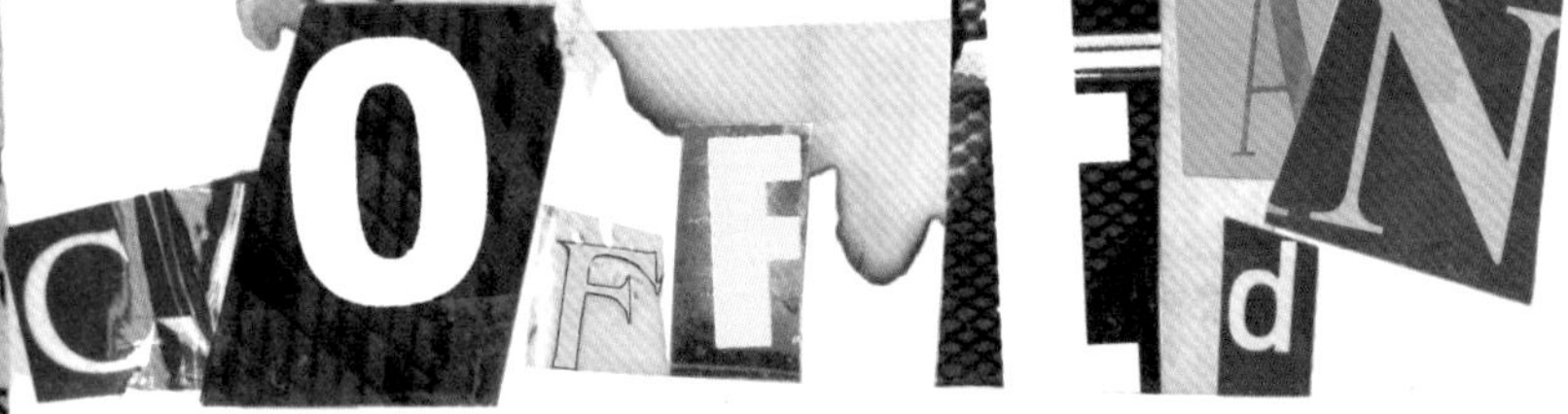

何となく山口瞳のサラリーマンものを感じ、早朝7時に神谷町駅前のクラシック造りの〈珈琲大使館〉のお客も、出勤前、特別仕込みの珈琲と、煙草と、スポーツ新聞でくつろいで、あわてることもなく、近所の虎ノ門、神谷町の仕事場に出かけていく。多分、英国のコーヒーハウスも、こんな悠長な感じだったのだろう。確かに昭和が生きている。だから習慣ともなる。早朝7時開店、夕方6時閉店、土日休日というその営業にも昭和を感じる。

サンドイッチ類が、抜群に安いうえに、極上の旨さだ。モーニングなどとあえて言わない。筆者もほぼ日参しているが、いまは、煙草を買い、その日のコーヒー豆を味わい、マスターとの世間話に弾み、そして1日を始める。

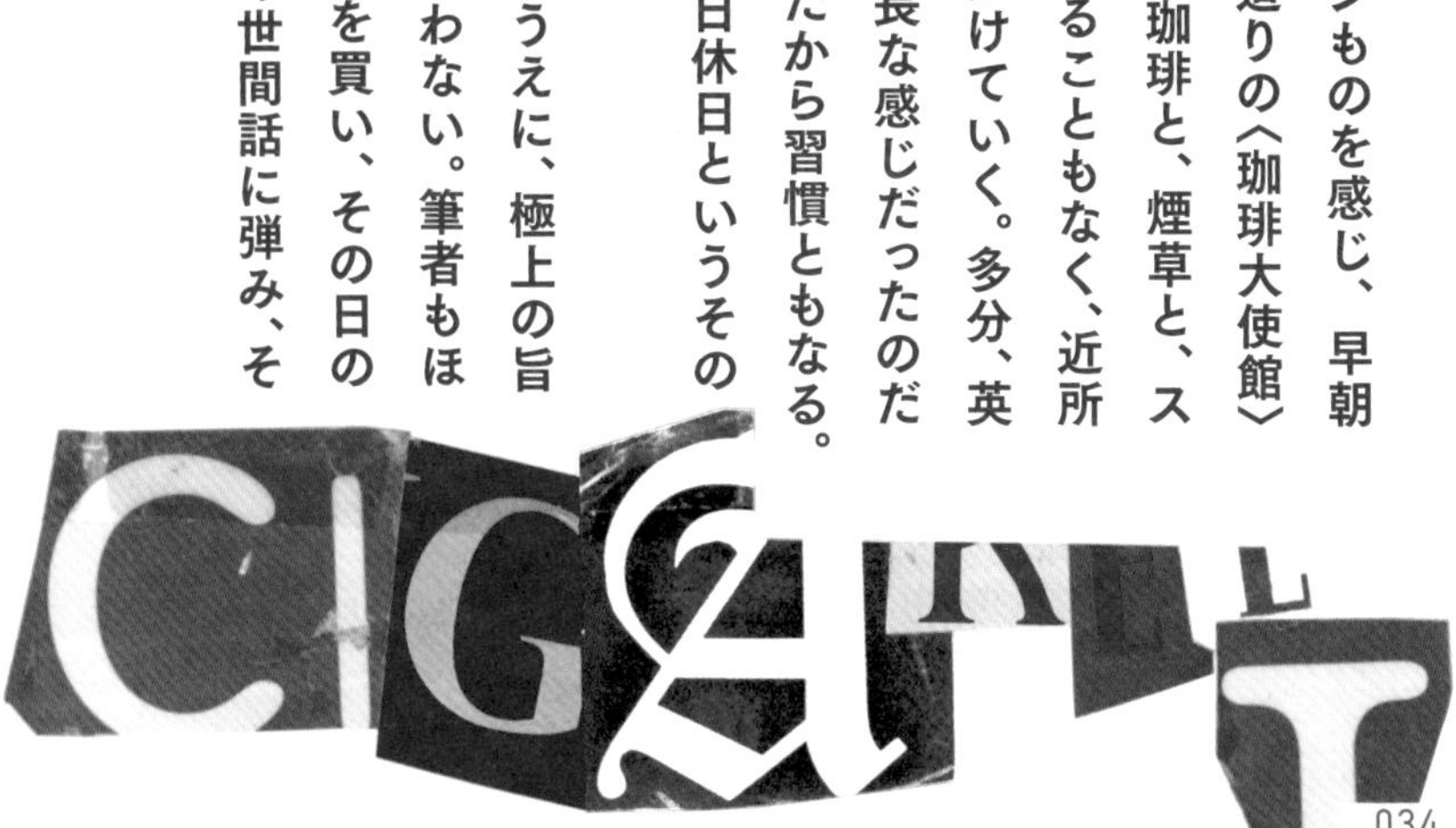

渋谷≫有昌

災難はきっと神様の授業料です。

（淀川長治）

NOODLE LEGEND

70年代初頭に、渋谷の並木橋に開業し、近くに場外馬券場があるからか、有名人も多々常連になり、そのひとりムッシュこと、かまやつひろし氏が、〝有昌のギョウザ〟と歌にうたった渋谷の有名な店であった。中華屋だが、サロンとなっていた。

それが10年程前、気狂いじみた渋谷の乱開発でやられたか突然クローズしてしまった。ファンはどれだけ嘆いたか。ところが元祖渋カジの二代目が、渋谷神泉の居酒屋の昼の時間帯に再開。名物のシイタケそばが食べられると知ったファンは押し寄せた。毎日そばは売り切れ。さすが有昌とよろこんだのもつかの間、また閉店してしまい、店主曰く、「また何処かで再開します」と、消えてしまった。

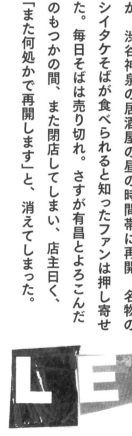

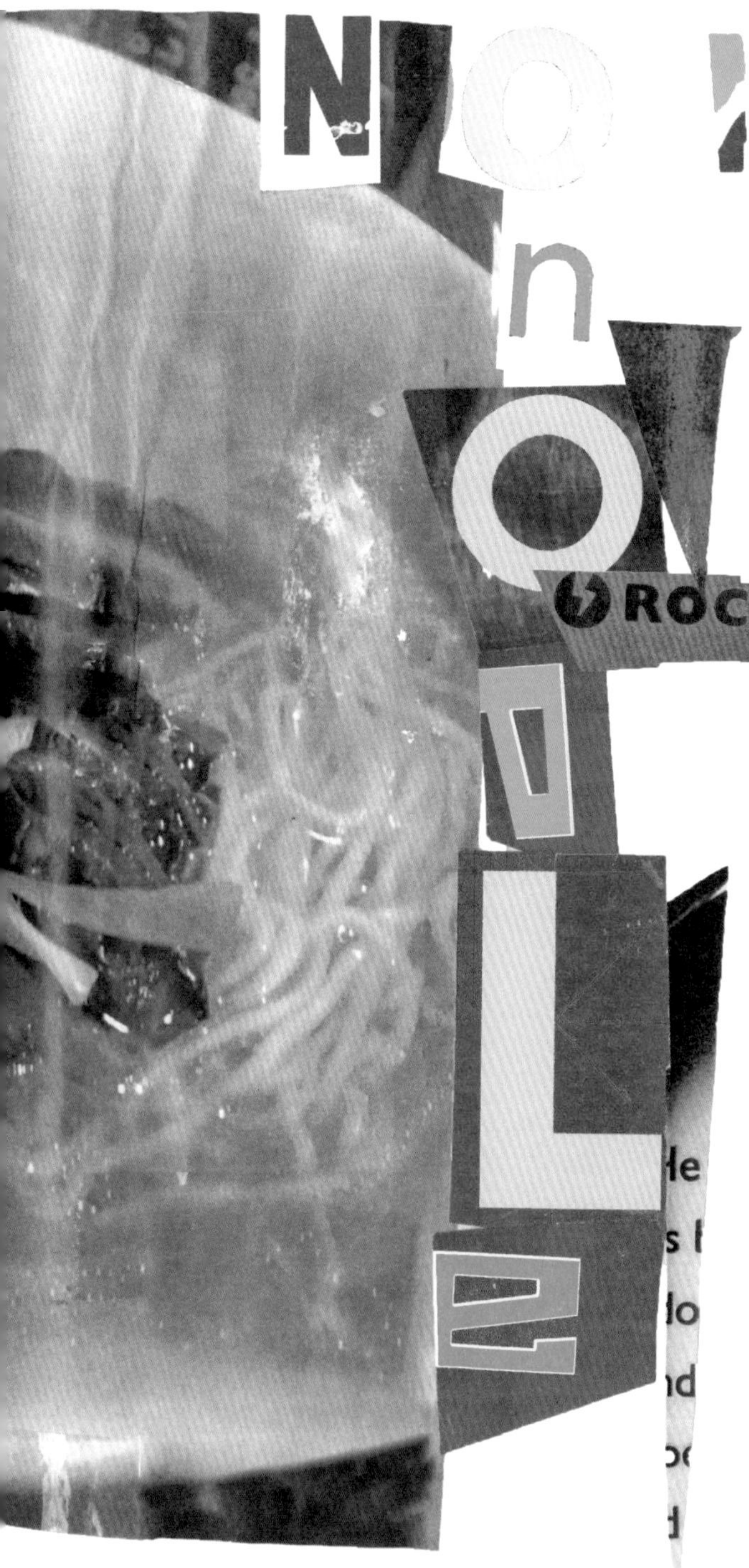

いい風に吹かれていたい。
人に優しくなれない。

あまりきつい風にばかり吹かれていると、
（高倉健）

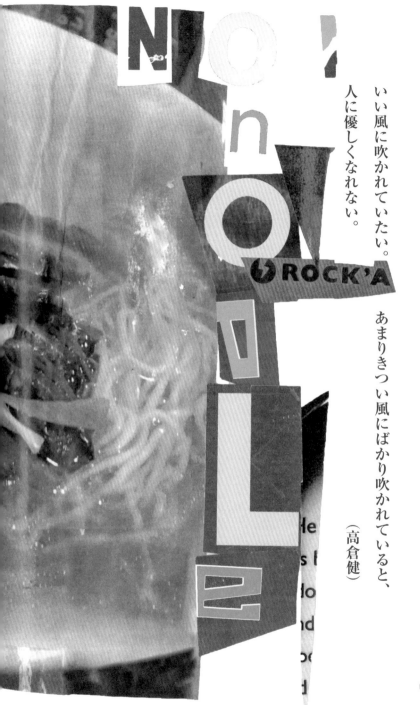

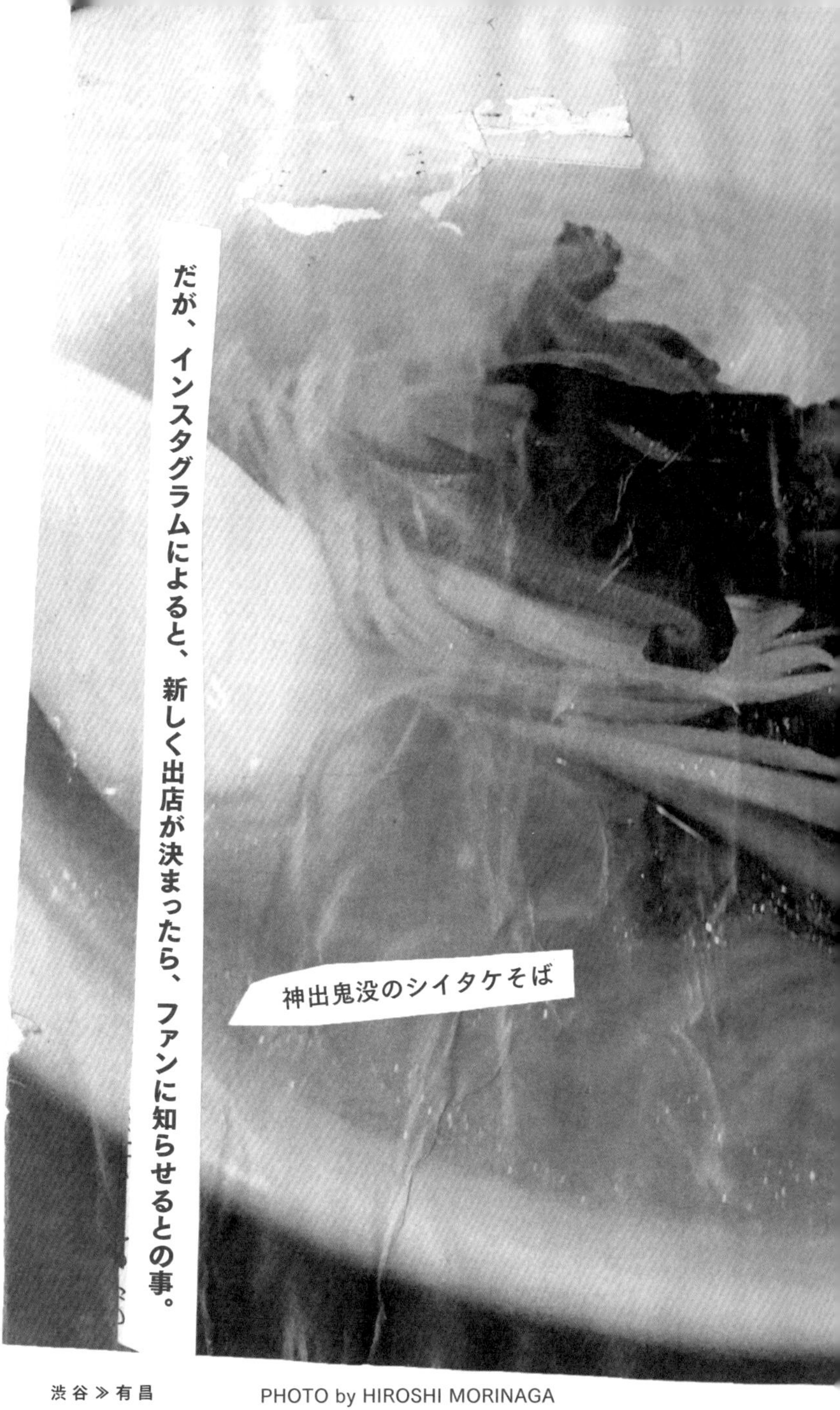

だが、インスタグラムによると、新しく出店が決まったら、ファンに知らせるとの事。

神出鬼没のシイタケそば

PHOTO by HIROSHI MORINAGA

新宿≫
武蔵野館

新宿駅東口前の商業ビル内にある名画座〈新宿武蔵野館〉は百年の歴史を誇る。伝説の劇場だ。プログラムも上質である。間違いない。また、館内には、上映作品のＰＯＰが展示されていて目を愉しませる。

しかし、何が格別だっていって、ここにはロビーの一画にシャレた造りのスモーキング・サロンが設けられている。それも、よくある、喫煙客を疎外するような、店の片隅に仮設された小屋ではなく、実に立派な造りなので、名画を観たあとの余韻をたっぷりと喫煙で愉しめる。

人は配られたカードで勝負しなければならない時もある。（エルトン・ジョン）

PHOTO by JIN Yoshimura

100 years Celebration

見世物と商品の社会などくたばっちまえ。（1968年5月、パリ国立美術学校の壁の落書き）

派手な高層ビルが並ぶ〝高級〟な白金の一画に、小さな商店街がある。名を〝四の橋〟という。八百屋や魚屋や肉屋があり、中心に多分昔は一軒通りに構えていたのだろうか、青果専門店の〈大川青果〉、鮮魚専門店の〈魚鈴〉、鶏肉専門店の〈鳥彦〉、漬物専門店の〈房州屋〉が入った〝四の橋市場〟がある。

そこがかもしだす情緒感は半端ない。

また、町の随所には緑がおい茂っていて、こんな町は東京では珍しい。おそらく、こういう所を、魂のホームタウンというのだろう。

TOWN

白金≫四の橋市場

PHOTO by
JIN Yoshimura

足るを知れば不足なし、という江戸の処世術に長けた町である。
クリーニング屋には洗濯師を名のる職人が働く。
服や革製品の修繕師もいる。
魚をさばく魚屋、八百屋、木材屋は木の香りを町に放ち、
洗濯物はみなベランダに陽干し。子どもも多い。年寄りも多い。
若いお母さんは自転車に乗っている。ハミングしている。
町の波動が優れているので、家々の植物は異常に繁殖する。
その繁殖力は特別だ。町の人の表情はみな安泰としている。

PHOTO by HIROSHI MORINAGA

IN THE FOREST

このフォルクス・ワーゲンのキャンピング・カーは一千万円以上するらしい。オーナーがアメリカで買いつけてきた。さっそく、富士山麓の森林内に行ってキャンプをした。

飲食における、これが最高峰だろう。味覚だけではなく、その環境に浸り、全身全霊で悦びを感じる。

フォルクス・ワーゲンのT6カリフォルニア

人間はなければないですむものが多ければ多いほど豊かである。

（ソロー）

PAINT by Ben Eine from UK

PHOTO by Tadahiko Okazaki

かつて、70年代初頭、かのラテンロックの王者カルロス・サンタナも常連客の一人であった。サンタナの好物はいまも大人気の〝トーフステーキ〟だった。創業は1968年、70年代のうちに人気店となり、そうそうたるクリエーターたちの溜まり場となった。その人気は海外にまで及んだ。

いまも満席の日が続く。

マスターは、太極拳の名手である。店のあるビルの5階に住んでいる。つまり料理を作る「職」、それを売る「商」、さらにそこに暮らす「住」の職商住という江戸時代の三位一体に生きている。

おそらくその継続力は、80歳になっても病ひとつない体をつくりあげた太極拳によるのではないか。

今はマスターはキッチンに入っているが、娘さんの愛ちゃんが立派な女将になっている。

太極拳の達

六本木≫一億

CREATION by MIEKO YUKI

PHOTO by AI UEDA

東麻布≫手作り弁当ピース・ユー

東麻布の法務局の近くに、老夫婦が経営する弁当屋がある。午前10時にオープンし午後早くには売り切れる。店名があるのかないのか、表に看板が出ているわけでもなく、だからホームページがあるわけでもないが、その安さと手作りの絶妙さと旨さが口コミで伝わり、遠く県外からも車で買いに来る。コロナ禍で弁当が大々的に復活しているが、この店の日替わりの豊富なメニューを知ると、他店は貧弱に思えてしまう。

お金は必要なものだけど、毎日用がつとまればそれでいい。
（山田風太郎）

10月のメニュー

	メニュー	つけ合わせ
月	① チキン味噌かつ ② 高野豆腐の揚げ煮 ③ さばの竜田揚げ ④ ごぼうとにんじんのひき肉寄せ揚げ ⑤ 酢鶏（鶏肉の酢豚風）	ひじき・煮物 つぼ漬
火	① かつ丼 ② 豚肉とまいたけの韓国風炒め ③ 鮭のちゃんちゃん焼き ④ 鶏肉と卵のさっぱり煮 ⑤ にんにくの茎の回鍋肉《ホイコーロー》	切り干し大根の煮物 しば漬
水	① 豚肉となすの味噌炒め ② 高野豆腐の揚げ煮 ③ 揚げさばの野菜あんかけ ④ 和風ハンバーグ ⑤ カレー風味の肉豆腐	山くらげの煮物 高菜漬
木	① 豚こまと豆腐のふわふわ揚げ ② ナムル丼 ③ 鮭の南蛮漬 ④ 揚げ鳥の薬味ソースかけ ⑤ チキン南蛮	ひじきの煮物 つぼ漬
金	① 豚こま団子とエリンギのオイスターソース炒め ② カツカレー、カレーライス ③ さばの味噌煮 ④ 鶏肉とじゃが芋のこってり甘辛炒め ⑤ きのこのプルコギ	切り干し大根の煮物 高菜漬

名人はカンが優れている。　（森茉莉）

三崎の『本と屯』のこと。

神奈川県≫三崎≫本と屯

街が好きになるというのは、街並みがどうかということではなく、

その街に自分の好きな人たちがいるかどうか、これにつきる。

（中島らも）

「最近よく三崎に行ってるよ」と窪塚洋介にメールすると、すぐに、「俺らは三浦半島です」と返ってきた。部族みたいなノリだった。その昔、三浦は海賊の巣窟だった。

三崎にはヒステリック・グラマーの北村信彦や新潮社の文芸誌『新潮』の編集長の矢野優も別荘を持っていて、何かと気にはなっていたし、窪塚洋介のあの圧倒的な〝自由感〟も彼の場合は横須賀だが、同じ海に開かれた三浦半島出身だし、と想いをめぐらして三崎の路地を散策していたところ、その〝自由感〟を通りに放射している店と出会ってしまった。

それは2階建ての古民家なのだが、1階の路面店をのぞくと、店内には本がギッシリとつまっていて、カフェのようなテーブルと椅子もあった。

中に入ると、主人がいた。若い。話すと、本は自分がいままで集めた個人所蔵の5千冊。それは売り物ではなく、カフェの客は図書館のように自由に手にして読むこともでき、ひとつの棚には、彼が代表の小さな出版社〈アタシ社〉が発行した本が並べられていた。

店の名は〈三崎港蔵書室／本と屯〉

店主はミネシンゴ。

店には有名人も協力しているらしい。例えば、表のノレンはマンガ家の吉田戦車が絵を描き下ろしている。古民家は築90年以上の元船具屋を格安の家賃で借り、奥様が2階を美容院にしている。30代のふたりが三崎に移住してきたのは2017年。その前は湘南にいた

ILLUSTRATION by MICHIHARU SAOTOME

が、何かと住みにくくなったので、三崎に移住した。

三崎には、15年前に東京から移住し、以前はＹ・Ｍ・Ｏ等の音楽プロデューサーだったＦ氏が開店し、大人気となった〈ミサキドーナツ〉がある。

クリエーターにとって、生活とクリエーションをひとつにできる、その究極の理想の最初の可能性だった。

それは獣道のようなものだったかも知れない。

その道が少しずつ広がっていった。


そこはとても不便な所かも知れない。鉄道は京急一本。都心から車で行くと、遠路だ。そのことが三崎を再開発の魔手から救っている。

「何も発展していないのが、三崎の魅力です」と地元の方がおっしゃっていた。

だから、金よりも何よりも自由を尊ぶ人たちが、病んだ欲もなく、この町で生きていける。

三崎に行ったら、必ず、シンゴさんの〈本と屯〉を訪ねるといい。

そして、お茶を飲み、気に入った本があったら時間など気にせず読んだり、近くの昔からの魚屋の屋外食堂に行ったり、思う存分、楽しむ日をおすすめします。

ILLUSTRATION by MICHIHARU SAOTOME

ILLUSTRATION by MICHIHARU SAOTOME

LIVING STYLE

我が道ということは自分の生きているたのしさを指すのであって、

職業ではありません。（深沢七郎）

patagonia® の100カ条

20世紀も幕を閉じてゆく頃、１９９８年、次なる世紀への指針を示す、１００カ条の心得が発表された。メディアは『エクスファイア日本版』臨時増刊号の『Patagonia PRESENTS』だった。Patagonia®はアメリカを代表するアウトドア・ウェア・メーカーだ。Patagonia®を創業する前は、いまも本社を構えるカリフォルニアのベンチュラで、創業者のイヴォン・シュイナードは仲間数人とブリキ小屋でわずかの商品を手作りしていたが、１９７１年、Patagonia®を起業した。Patagonia®の精神は、イヴォン・シュイナードの言葉に掲げられている。

「よりシンプルな生活——そこへ戻るのはむしろ前進なのだ。シンプルになることで、私たちは尊厳を取り戻し、大地と接し、人と人との触れあいの大切さを、もういちど学ぶことになるのだから」

その１００カ条を、ここに再録する。

1. ルールは盲目的に従うものではなく、自分たちで創るものである。
2. 過ぎ去りし時代の栄光、成功をひきずらない。
3. 夢中になり悪戦苦闘することが仕事であり、それは決して苦労ではない。
4. 我を忘れることが遊びである。
5. 何事も閃めいたり、思ったりしたら、まずアクションをひとりでも起こす。
6. お金のかからない自分なりの贅沢を知っている。
7. ムダな生活用品よりも趣味に関するモノの方が家に多い。
8. 業界づきあいは必要最小限にとどめる。
9. 神出鬼没。
10. 単純なくりかえしの作業に精神を集中できる。
11. 神は決して人の姿をしていないと思う。
12. 利害関係ではない人間関係に恵まれている。
13. プロの物書きではないが、文章を書くのは好きである。
14. 投機的なことにはいっさい興味がない。
15. 寝食を忘れて物事を追求してしまう。

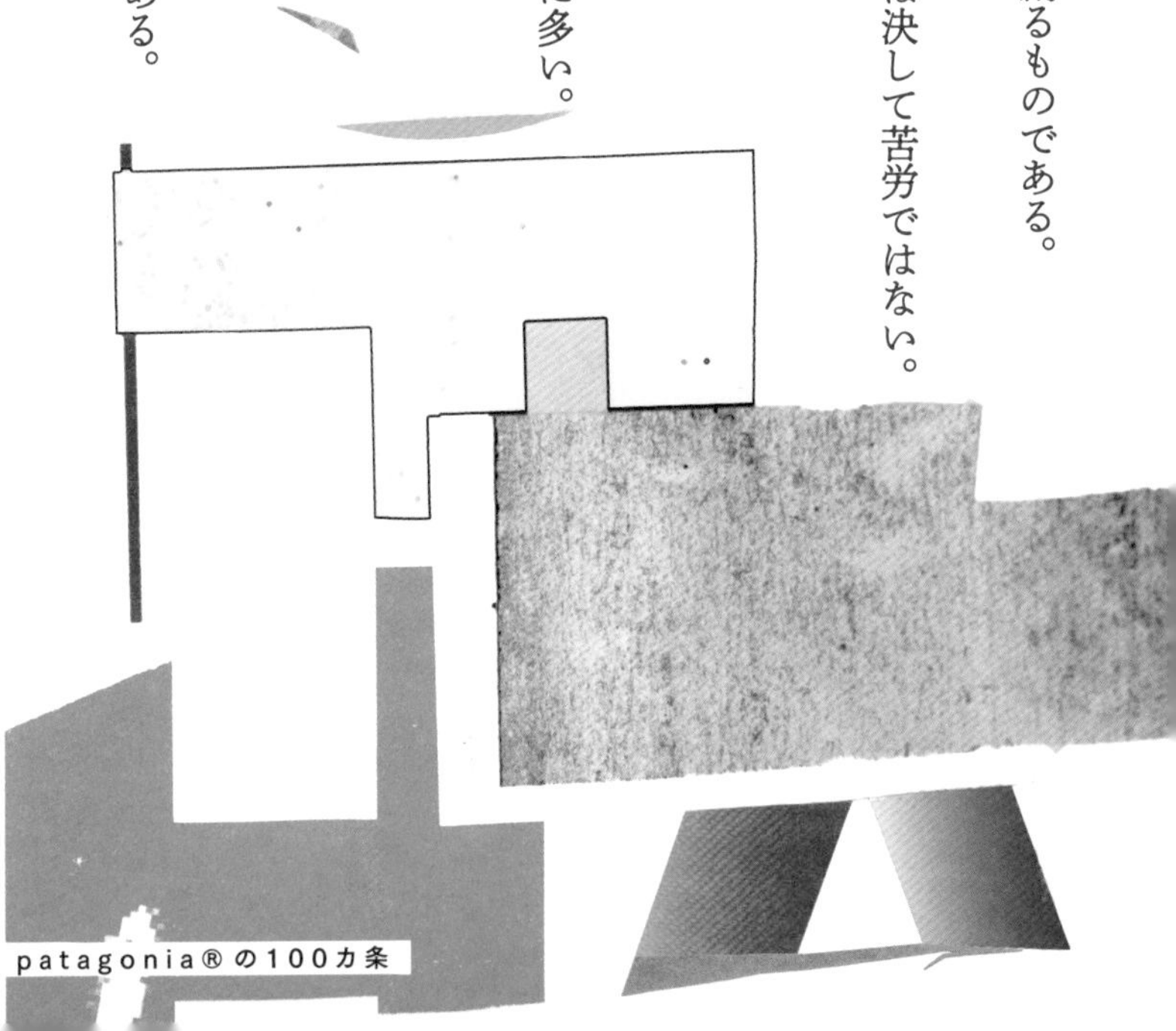

16. 太陽系の中のひとつの惑星に自分は生きていると感じることがあり、神秘を知る。

17. 生きることはユーモラスなことだと笑うこともある。

18. ハードなときでも人生や仕事を楽しむコツを知っている。

19. 大人の常識よりも子どもの奔放さに人間の本来の姿を見る。そして感心する。

20. 生活習慣のひとつに日記やスケッチがある。

21. インスピレーションやテレパシーに満ちた生活を送っている。

22. およそ営利的だけで作られた新製品に興味はない。

23. 名コックの料理もいいが、山の上で渇きをうるおす一ケの果実の至上の美味を愛す。

24. 美術館の中の高価な美より日常生活の中に在るさり気ない美を愛す。

25. 人は誰しもアーティストだし、そうあるべきだ。

26. クリエイティブな作業に没頭しているときに生きる喜びさえ感じる。

27. 歩いて行ける所ならば、車に乗らない。

28. 子どもの頃から好きで、ずっとやり続けていることがある。それがあるから自分だと思う。

29. モノの名称よりも、自然に関する名称をよく知っている。

30. 動物は魂の友である。

31. 山や海は聖書以上のバイブルであると感じたことがある。

32. 喜びや富は多くの人と共有すべきだ。

33. 悲しみは自分だけのうちにひっそりと秘め、大事にすべきもののひとつである。

34. 文明ということでいえば、先進国より未開社会に真価を見る。

35. マス・メディアを信用しない。読まない。見ない。

36. 都市での流行に無関心である。

37. どんな問題も頭で解決するものではなく手と足を使い解決する。

38. 過ち、失敗から逃げず、真剣にとりくむ。

39. 手になじんだ道具を使い、創造する趣味がある。

40. コレクターではないが、愛着のあるモノがたくさんあり、大事にとってある。

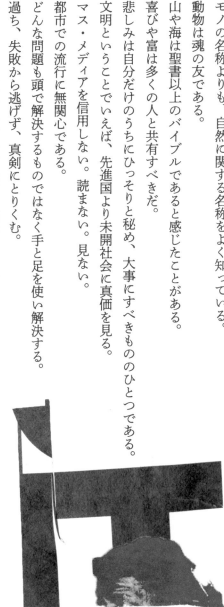

41. 50歳を過ぎてから信念と確信に満ちた仕事を始める。
42. 生涯一職人的なスピリットを持った自由人であろうとする。
43. 人には誰しも使命がある。
44. 仲間との仕事、遊びであれば、思い切りエンジョイできる。
45. 原点が何であるかを知り、そこに戻らず、よりよい方向へと前進する。
46. 人と能力を競うより、高めあう。
47. いくつになっても自然に対する驚きは忘れない。
48. ネクタイ、スーツは身につけない。働きやすいスタイルが一番。
49. テキパキと仕事をこなしてしまったら、あとは勝手。
50. 知的好奇心と体の働きはひとつ。
51. 人と人の出会いからすべてははじまり、そこに未来が開かれていった。
52. 誰も歩まなかった道を先人たちの英知を学び歩む。
53. 組織はシステムではなく、個人が解放されるサークルであるべきだ。
54. 何よりも自己の健康の管理が大切である。
55. フラストレーションなど無縁。
56. 音楽の響きの奥に感情の源を知る。

57. エゴがある限り、人は何も得ることができない。
58. 町内の人々と親しく長くつきあう。
59. 酒場では決して社会、会社、家族の愚痴は口にしない。
60. よきライバルである親友に恵まれている。
61. 超自然、非科学世界のフォースを信じる。
62. 何事も決断が早い。
63. 体験したことのないことを知ったかぶりして批判しない。
64. 年少者とも年輩者とも、よき人生の友となれる。
65. 道具とは地球そのものに対する愛である。
66. 前例のないことでも正しいと思えばやってしまう。
67. 他人の意見は尊重するが、自分の意見は曲げない。
68. 大自然を前に神を感じたことがある。
69. 飛行機では行けない旅先へと向かう。
70. 心の通った握手を心得ている。
71. 天体に関する忘れ難き思い出がある。
72. 手ぶらで暮らす。

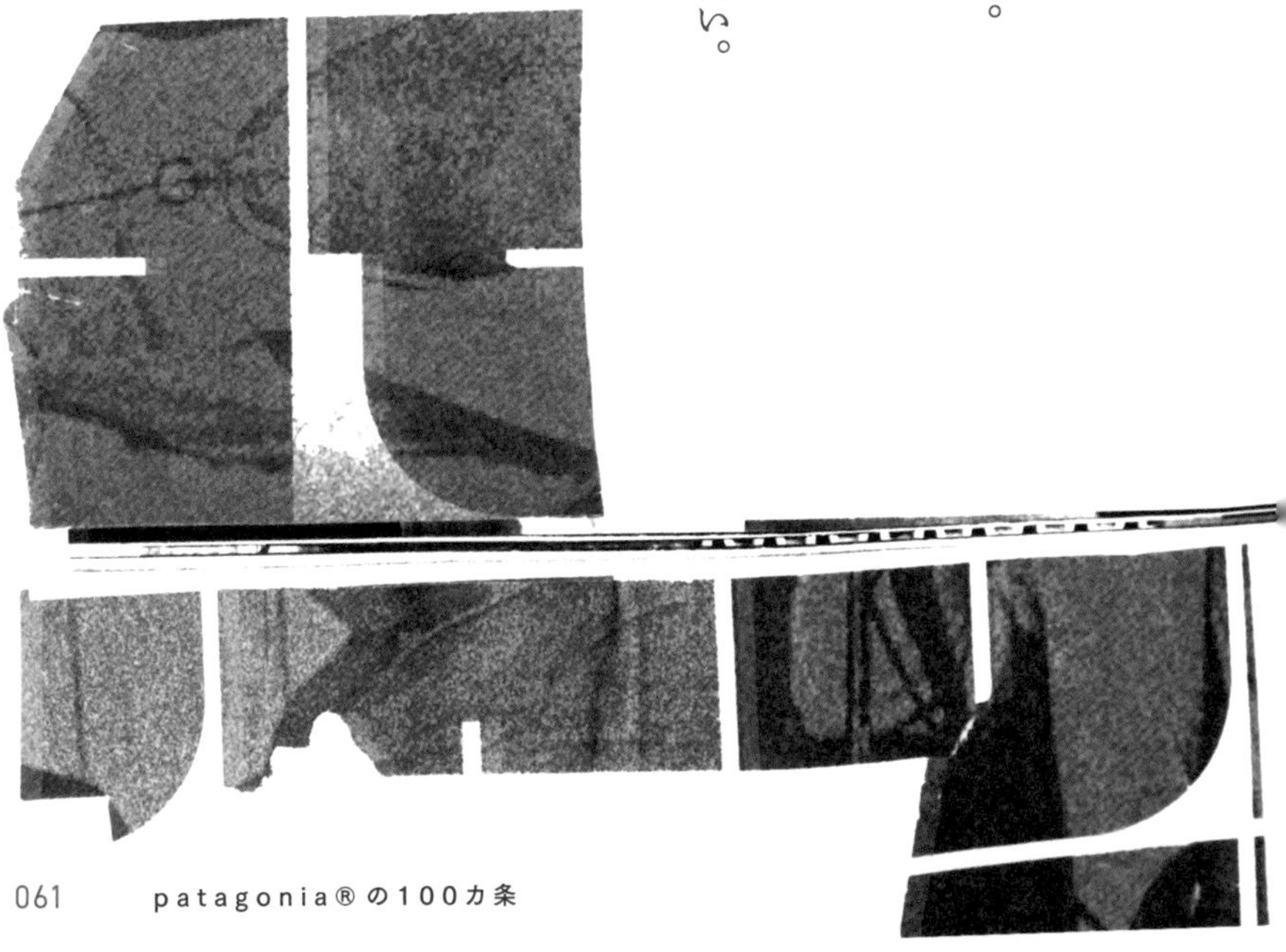

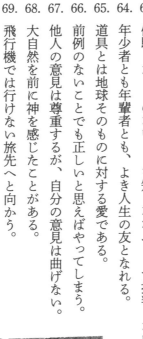

73. 早寝早起きである。
74. 時計をあまり見ない。
75. いくつになっても、たえず何かを学んでいる。
76. 鍵の数だけ人は不幸だ。
77. ＴＶは持たない。見ない。
78. 自分なりの暦がある。
79. ほとんど家電は不要である。
80. 退屈知らず。
81. 何度もカルチャーショックの体験がある。
82. いつも太陽と月が気になる。
83. 計算・計画よりも偶然のなりゆきに本質がある。
84. 自分が安らげる場所が何処かよく知っている。
85. 盛り場より、外れのちっぽけな街を愛す。
86. マネーゲームからはすぐおりる。
87. 古きよき時代の音楽や映画や文学を愛する。
88. 女、子どもと見下さない。
89. 他人のプライバシーはのぞかない。
90. 肩書で相手を見ない。
91. 東洋的な文明文化への関心がある。
92. 他人をうらやんだことはない。
93. どんなに忙しくても、読書の時間はつくる。
94. 遊ぶ友とは笑いに包まれている。
95. ネイティブ・ピープルに尊敬の念を抱く。
96. 臨機応変。

97. それを欲しているうちには、それは手に入らない。

98. 海と山で、この地球のことを知り、街で、人生を学んだ。

99. はじまりは終わり、終わりははじまり…であると知る。

100. すべては、その日一日の事。

HOW DOES IT FEEL?

(DYLAN)

山尾三省

ILLUSTRATION by HIROSHI MORINAGA

いつまでも花を咲かせないで、適当に貧乏しながら適当に働く。
平凡なようであるが、長生きの道はやはりこれ以外にない。
（寺田寅彦）

島に棲む

Apple創業者のスティーブ・ジョブズは、60年代に創刊された『ホール・アース・カタログ』やZEN（禅）の信奉者であり、いわゆるヒッピーであった。

ヒッピーの根本思想は、脱物質文明である。その根底にあるのは、ビートニクだろう。環境破壊に対する抗議の声を上げげた。

ヒッピーは、自然回帰を唱えた。

アウトドアウェアの最大手THE NORTH FACE®の創業者もヒッピーのふたり組である。

ヒッピーも流行現象になり、短期間で消えていったが、その思想を連綿と追求していった者も数少ないがいて、社会に多大なる影響を与えている。

日本には、この系譜に山尾三省（1938-2001）がいた。

神田生まれの江戸っ子だ。

山尾三省は、日本におけるビートニク運動、ヒッピー運動の先駆者だ。1960年代には〈部族〉というヒッピー・コミューンをつくり、九州の離島に共同体を築き、当時の若者に影響を与えた。

しかし、ヒッピー・コミューンは解体し、山尾三省は家族と屋久島に移住し、好きだった詩作に励む。

畑や漁の仕事をしながら、多くの詩集や著書を書き残した。物質文明にたよらない、自然回帰の生き方の先駆者であり、生涯つらぬいた。

いま、脱都会、地方の自然の中に住み、時間にも金にも縛られない若者が増えているが、先の先に、山尾三省がいたのだ。

以下、山尾三省の全詩集・著書である。

1975年『約束の窓』
1978年『やさしいかくめい』
1981年『聖老人』
1982年『狭い道〜子供達に与える詩』
1983年『野の道』
1984年『ジョーがくれた石』
1985年『縄文杉の木陰にて』
1988年『自己への旅』
1990年『回帰する月々の記』
1991年『新月』
1991年『島の日々』
1993年『びろう葉帽子の下で』

1995年『屋久島のウパニシャッド』
1995年『ぼくらの智慧の果てるまで』
1995年『森の家から』
1996年『深いことばの山河』
1996年『三光鳥』
1997年『一切教山』
1998年『法華経の森を歩く』
1998年『聖なる地球のつどいかな』
1999年『ここで暮らす楽しみ』
2000年『カミを詠んだ一茶の俳句』
2001年『親和力』
2001年『森羅万象の中へ』
2001年『日月燈明如来の贈りもの』
2001年『瑠璃の森に棲む鳥について』
2001年『水晶の森に立つ樹について』

2001年『リグ・ヴェーダの智慧』
2002年『南の光のなかで』
2002年『祈り』
2003年『原郷への道』
2005年『観音経の森を歩く』
2007年『静寂の瞬間』
2008年『春夏秋冬いのちを語る』
2009年『銀河系の断片』
2009年『山の時間　海の時間』
2012年『インド巡礼日記』
2012年『ネパール巡礼日記』

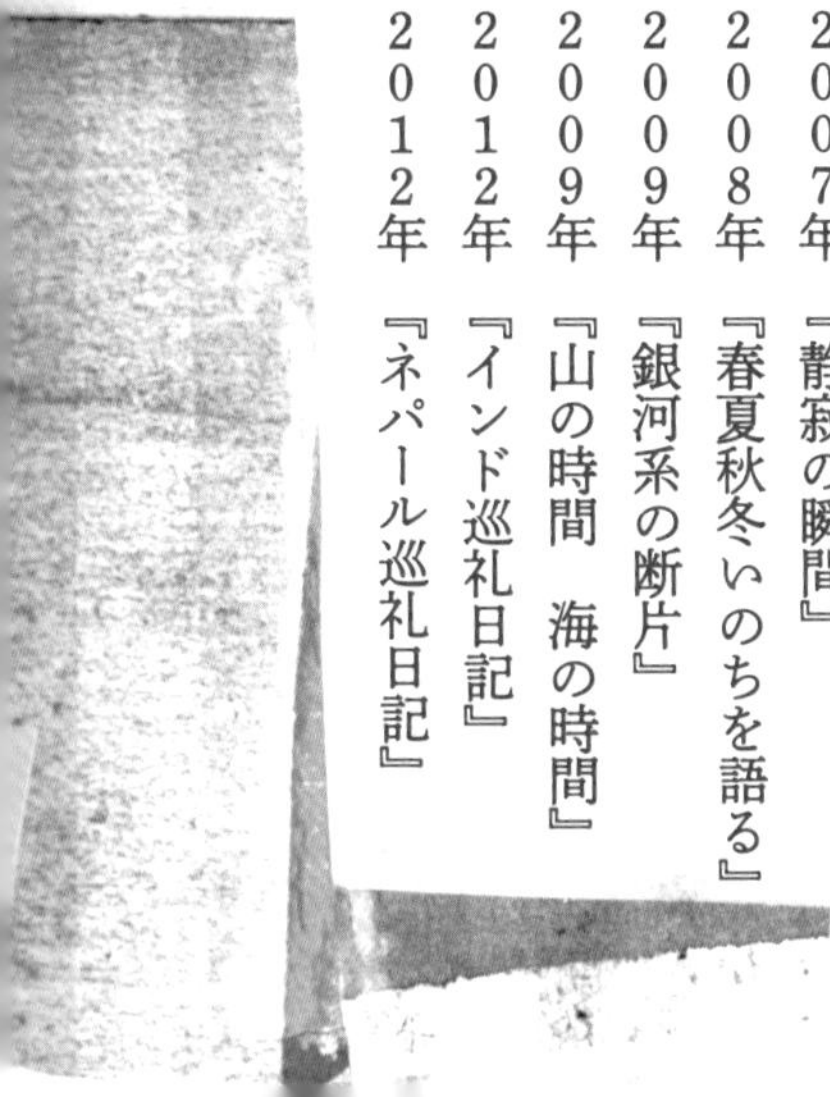

人間にとって最も重要な文化的発展は、
小さなコミュニティで生じた。（ホセ・ムヒカ）

パーカー

ILLUSTRATION by HIROSHI MORINAGA

PARKA

“パーカー”は英語ではなく、
イヌイットの言葉で「動物の毛皮」という意味だ。

いまはハイ・ブランドのメーカーの主力商品となってきたフード付きの上着は、一般に“パーカー”と呼ばれるが、元はイヌイットの防寒着である。紀元前5000年程前から、アラスカやシベリアの先住民族が着ていた。

これが1970年代に、アウトドア・スポーツ用のファッションとなった。また、80年代には、ニューヨークに台頭したグラフィティーアーティストが、顔を隠すために着用。ニューヨークのいたる所に防犯カメラが設置されていくにしたがい、パーカーも普及していく。

そして、バンクシーの登場によりトレンドの先端となった。

いまだに正体不明のバンクシーは、フードで顔を隠している。

バンクシーに憧れる若者たちは、導師に追従していく。

宝物は足もとに落ちている。（水上勉）

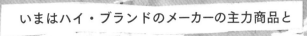

©Maru Evans ／ PPS通信社

心さえあれば人間には工夫の才がある。
それが歳月の積みかさねで、ごく自然に、道を見つけて
しまう。 心をつくして手をうごかす気持になれば、

セロニアス・モンク

１９６８年、サンフランシスコの、それは心温まる珍事だ。モダン・ジャズ界の巨匠・セロニアス・モンクは大きな音楽祭に呼ばれ出演した。それも2週間と長かった。

それを知った当時16歳の高校生ダニー・シャーが、モンクに、オフの日に出演してくれないか、ただし出演料は当時のモンクの出演料としては魂げた安さの５００ドル、とダメもとでたのみこんだら、なんとモンクはＯＫした。

高校の講堂で行なわれたこの公演は、ほんの余興程度だろうと周囲は思っていた。しかし録音テープが残されていて、最近発見されたそのテープをモンクの親族が聴くと、世紀的名演であると断定。それが最近、世紀を股いで、アルバムで発売された。

これこそ、１９６８年という革新の年に最もふさわしいエピソードだ。１９６８年は、店や公演が〝従来〟や〝定型〟や〝保守〟から脱却し、新たな次元に進んだ年だったから。

MONK
BENEFIT
thelonious monk quartet
jimmy marks Afro-Ensemble
featuring eddy bo • Electric flute
2 p.m.
SUNDAY, OCT. 27th 1968
paly high auditorium
tickets 2.00
available at:
KEPLER'S BOOKS • MENLO PARK
DANA MORGAN MUSIC • PALO ALTO
MAIL ORDERS TO:

カーマイン・ストリート・ギターと斉藤和義

以前、斉藤サンと飲んだとき、

その頃に見た映画『カーマイン・ストリート・ギター』という

ＮＹのギター・ショップの話をしたら、

斉藤サンは既に店と親しくしていると聞き、

今回、改めてOLD STYLEの神髄を感じ、話をうかがった。

interview with

カーマイン・
ストリート
・ギター
INTERVIEW
ILLUSTRATION by HIROSHI MORINAGA
People

森永：〈カーマイン・ストリート・ギター〉では、何百年も歴史がある建物を解体したときに出た廃材を使って、ギターを作る、そこに単なるギター職人ではない姿を見ました。斉藤サンは、いつ、〈カーマイン・ストリート・ギター〉を知ったのですか？

斉藤：ギタリストのロバート・クワインに教えてもらったんです。

森永：ロバート・クワイン？

斉藤：リチャード・ヘル&ザ・ヴォイドイズのメンバーで、リチャード・ヘルがテレヴィジョンを抜けてから結成したバンドです。ギターの担当でした。

森永：ロバート・クワインとは、どう知り合ったのですか？

斉藤：ロバート・クワインは少し変わった人で、頭をそりあげていますが、元は確か弁護士か税理士でした。僕はギタリストになったロバート・クワインがとても好きだったので手紙を送ったところ、一緒に活動することになり、レコーディングや日本でのツアーをしました。

森永：いつ頃ですか？

斉藤：１９９９年に初めて会い、ニューヨークをいろいろと案内してもらいました。

森永：何歳ぐらいの人ですか？

斉藤：もう亡くなりましたが、当時は53〜54歳でした。２００４年に61歳で亡くなりました。

森永：ロバート・クワインに〈カーマイン・ストリート・ギター〉を案内してもらった？

斉藤：はい。セントラル・パークより下のブリーカー・ストリートという面白いエリアがあって、その横のストリートとイーストサイド寄りに交差する道にあります。初めて行ったときは、フェンダーやギブソンは数本置いていましたが、基本は自作ギターでした。まだ廃材は使っていませんでした。主人のケリーがロバート・クワインと親友で、とても優しくて人柄も良くて。

森永：どんな店ですか？

斉藤：ショップは10畳もなく、奥の工房は14～15畳です。古い建物でした。

森永：そのときは気に入ったギターがあったのですか？

斉藤：1本注文しました。

森永：斉藤サンは店の雰囲気やケリーが気に入ったんですね？

斉藤：ほとんど英語は話せませんが、ケリーは片言の英語を懸命にくみとって気さくに話してくれました。

森永：最初に買ったギターは、どんな？

斉藤：ある程度、形は決まってますが、マホガニーで作ったテレキャスターです。ケリーはフェンダーのテレキャスターが大好きで、模して作ってくれました。そのうち、映画監督のジム・ジャームッシュが店に来て、ジャームッシュの住んでいた古い家を取り壊すことになり、そのときの廃材をもらったのがはじまりだと思います。拙い英語力で、そのように理解しました。次はチェルシー・ホテルの改造や建て替えがありました。

森永：またすごい廃材が出ますね。

斉藤：ニューヨークの歴史そのものです。何百年の経過で、木が乾燥しているので、ギターの材料に適しています。店に入ると、木にチェルシー・ホテルと書いてあり、「これはチェルシー・ホテルの廃材ですか？」と聞くと、「もらってきました」と言っていました。

森永：木は木材になっても生きてますからね。

斉藤：水分が抜けるまでに、とても時間がかかるそうです。ギブソン、マーチン、ヤマハはアコースティック・ギターを作っていますが、ギブソンは木を焼くように熱を加える窯を大学と共同開発しました。その方法で水分をとばして顕微鏡で見ると、40～50年たった木材の細胞と非常に似たものになるそうです。

森永：昔の人のほうが木のことを知っていたのかも知れない。木で火を起こしたり。

斉藤：木は乾いたとしても、湿度の高い国へ行くと水分を吸収し、膨張して割れることがあるので、それを防ぐために塗装をしますが、特にニトロ・セルロース・ラッカーは植物性なので、それが乾くのに何十年もかかります。ヴィンテージ・ギターと呼ばれるものでも、50〜60年なので、まだ乾燥途中のようです。

森永：斉藤サンはギターを自作するときは、木はどうするのですか？

斉藤：表向きは、よくある材木屋ですが、イチョウの木の余ったのが５００円とか、売っている店が近所にあります。普通の木材は奥で高く売っていますが、表には中途半端の長さの木や、ノコギリのキズがついている木が非常に安いので、買ってきて、適当に絵を描き、切る、貼る、彫る、上からフタをするとか、いろいろ加工しています。

森永：うまくいったのですか？

斉藤：2、3年前に作ったギターは、ピックアップはこの辺り、ブリッジはこの辺りと適当に加工したら、とても変な形になりました。作り始めるまでは全く知りませんでしたが、ギターには長さが決まったスケールがあり、ナットから12フレットまでと、12フレットからブリッジまでを均等にしなければなりませんでした。

森永：楽器ですからね。

斉藤：はい。均等にしなければ、チューニングが合わないことも知らず、大体のイメージだけで作っていました。

森永：構造がある。

斉藤：ブリッジを適当に配置してチューニングが合うところにずらしたら、ピックアップがネックまできてしまい、ギターの構造を知りました。

森永：それでも自作のギター作りにはまりましたか？

斉藤：街道の脇で排気ガスにまみれて放置されていた端材でも、形を描いて切り出すと、急にギターになるので、とても感動して夢中になりました。昨年は新型コロナで時間ができたので、ずっと作っていました。

森永：自分で改造したり、手を加えたりすることが好きだったのですか？

斉藤：中学生の頃からしてました。もともと工作が好きで、椅子のキャスターで3輪をつけたスケートボードもどきのものを自作して乗ってました。ギターを始めたときも、アコースティック・ギターしか持ってなかったので、フレットを針金で増やし、色を塗り替え、ピックアップを交換しました。手を加えるのは意外と好きです。

森永：手を使うことが好きだった？

斉藤：そうかもしれません。

森永：そうなると〈カーマイン・ストリート・ギター〉は子どもの頃の喜びを思い出させた？

斉藤：ギターがどのように作られるのか、ずっと気になっていました。工房を見たのはケリーの〈カーマイン・ストリート・ギター〉が初めてでした。

森永：何かを作る工房は男の夢です。

斉藤：風呂の木製ドアが少し腐ってきたので、今日は下だけ切り取って色を塗ってきました。

森永：昔は普通の人でも日曜大工といって、よく大工をしたものです。

斉藤：父も大工仕事が好きでした。

森永：仕事は何をしてたのですか？

斉藤：いまも作ってますが、オモチャ・メーカーのトミーに勤めていたので、ミニカーの鋳型を作っていたみたいです。葛飾区立石の出身です。

森永：職人ですね。

斉藤：鋳型職人です。

森永：素晴らしいです。ケリーにもつながる。

斉藤：栃木にオモチャの町があります。高度経済成長期、バンダイ、エポック社、タカラとか、さまざまなオモチャのメーカーがそこに集まり、工業団地をつくりました。父はトミーの所長として引っ越し、私が生まれました。何もない関東平野の真ん中に突如として工業団地ができたのです。

森永：大友克洋の『AKIRA』みたいですね。
斉藤：そのような感じです。当時は高度経済成長のモデルケースとして社会科の教科書にも載りました。
森永：子どもの頃は、お父さんの仕事をどう思いましたか？
斉藤：まわりはオモチャ・メーカーの子どもばかりなので、当たり前に思ってました。クラスの8割はオモチャ・メーカーの子、2割は農家の子でした。私は将来はオモチャ工場で働くのだろうと思いました。実際、高校生の頃、工場でアルバイトもしました。
森永：やはり、ケリーとお父さんは似てましたか？
斉藤：重なることはありませんが、ケリーは日本の職人に近いです。雰囲気やたたずまいが職人です。とても繊細な職人です。
森永：そのような人は初めてですか？
斉藤：そもそも外国の友達がいませんでしたから。
森永：斉藤サンは楽器そのものが好きなんですね？

斉藤：ピアノ、マンドリン、ギター、ドラムス、何でもかまいませんが、曲を作る道具ととらえる部分もあります。それとは別で、ギターに関しては特別な思いもあります。ギターが一本できるまで、実はとても長い年月がかかります。例えば、マホガニーであれば、種を植えてから大木になるまでに、50年、100年、200年もの時間がかかり、それを誰かが切るわけです。もしかしたら、ドア、テーブル、床、皿、他の物になったかも知れないのに、ギターになり、巡り巡って自分の所にきたことを思うと何百年の壮大な歴史を一本のギターに感じます。木は切られて死ぬわけではなく、のちのさまざまな人生があることにロマンを感じます。

田中一村

ILLUSTRATION by HIROSHI MORINAGA

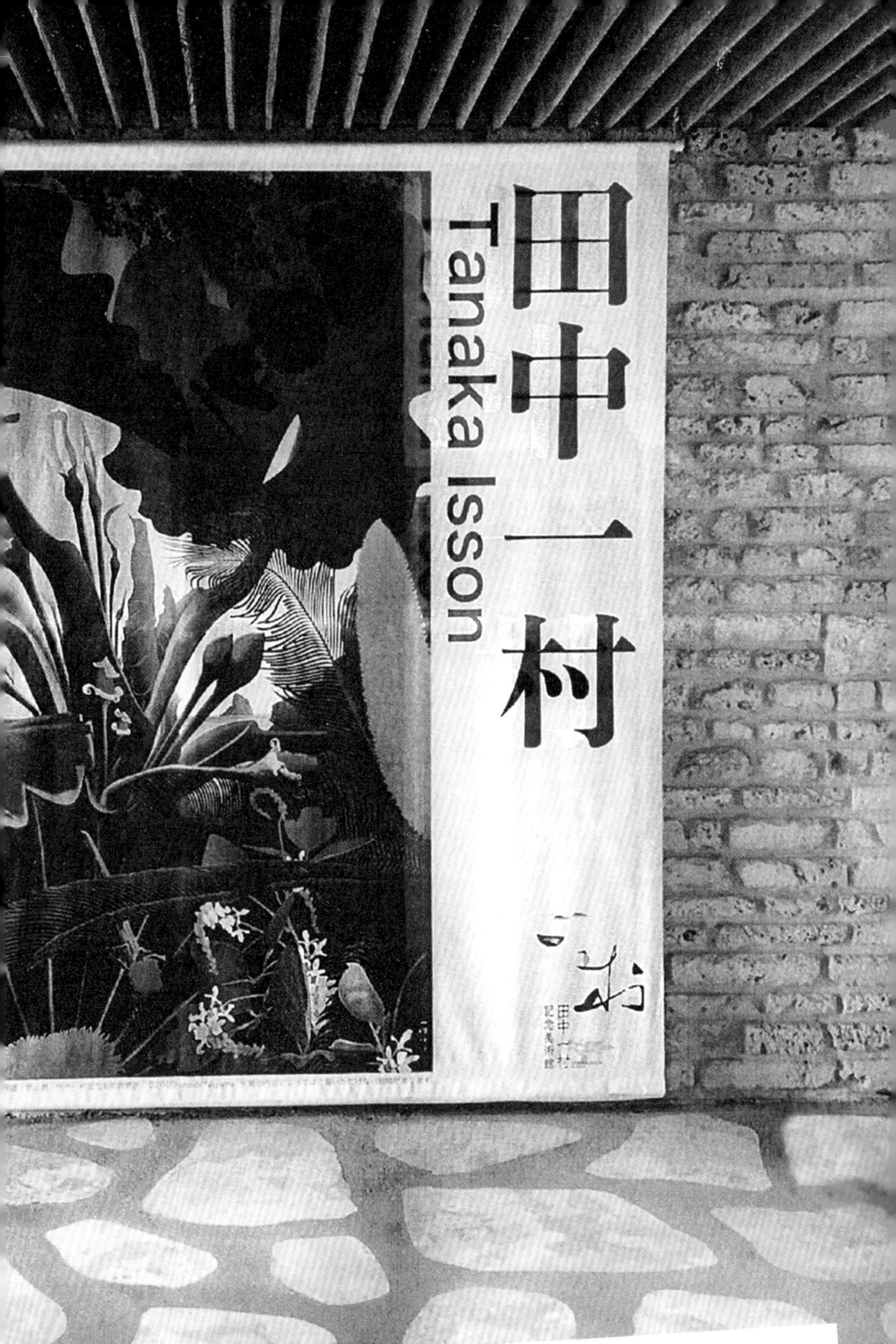

PHOTO by HIROSHI MORINAGA

田中一村
tanaka isson
作品集
［増補改訂版］
監修・解説 大矢鞆音
NHK出版 編
自然遺産・文化遺産の島―「奄美」
その“生物多様性”に魅せられた画家・田中一村
決定版「田中一村作品集」
選りすぐりの作品228点を収載

PHOTO by
HIROSHI MORINAGA

確かに若冲は江戸期を代表する名画家だが、ここ最近のブームは、目アカがつくほど過剰である。筆者が初めて若冲の作品を見たのは、まだ世に知られていない40年前だったか。美術館は旧江戸城内にあった。本丸の城壁の超芸術的石工技術を見に行ったとき、初めてその名を聞く若冲の展覧会を偶然見て衝撃をうけた。

若冲のファンになったが、生涯、都の画家であり、パトロンにも恵まれていたのだろうなと少し冷ややかになっていった。

その頃、田中一村を知った。一発で自然風物を描く日本画家では、その作風もその人物の生き方も若冲より一村だと直観した。

一村は大正生まれ。画家としての才能はあったが、中央画壇の保守性、権威主義に反旗をひるがえし、まるでゴーギャンのように、南の島の奄美大島に移住し、そこで掘っ立て小屋のようなアトリエを構え、職工などの仕事で生活費を稼ぎながら、大作の日本画を生涯創作していった。

奄美大島には一村の個人美術館があり、度々作品を見に行っていたが、あるとき、美しいビーチに白人がひとりいて、話すと、彼は京都から一人で一村を見に島にやってきた学者だった。

その環境も含め、世界に誇れる日本の美術館はここだけだろう。

ionAL

TRADITIONAL WAY

江戸期まで日本にはパブリック・スペースとしての公園はなかった。大名の庭園があるのみで、市井の庶民の憩いの場は神社や仏閣の境内だった。

明治になり先進国の仲間入りを急ぐ政府は公園の必要を感じ、西洋に真似てつくったのが日比谷公園だった。しかし、どうもなじめないものがある。日本人なりの自然観、造園技術を活かした公園をつくれないか。そこで抜擢されたのが〝日本初のランドスケープ・デザイナー〟の長岡安平だ。

その第一号がいまも東京タワーの丘陵芝側に残る通称〝もみじ谷〟だ。１９０６年に竣工された。名の通り、紅葉の時期に各種もみじの大共演となる。一帯は滝もあり、渓谷もあり、秘境感たっぷりだ。

その丘の頂きには芝居小屋の紅葉館があり、江戸庶民は芝居や宴に興じていた。まるでそのときの饗宴がもみじの多彩な色彩となって聞こえてくるようだ。

ILLUSTRATION by HIROSHI MORINAGA

PHOTO by TERUO SEKIGUCHI

長岡安平

それは、見上げれば朱色も鮮やかな東京タワーを取りこんだ未来をも想定していたのか。

川瀬巴水

ART WORK
by HIROSHI MORINAGA

明治・大正期に活躍した浮世絵師が川瀬巴水だ。「新版画」と呼ばれた。その川瀬巴水が最近アメリカの美術市場で高騰している。というのも、スティーブ・ジョブズの遺品の中に川瀬の作品が多々発見されたからだ。

ジョブズは曹洞宗の禅僧、乙川弘文に師事し、そのビジネス感覚にZEN（禅）の影響をうけていたが、視覚的には川瀬巴水であったと判明した。

KAWASE
HASUI
川瀬巴水作品集
[増補改訂版]
清水久男 著

コロナ禍の緊急事態下、演劇はほとんどの公演が中止していった。その中で、ホールが無理なら、野外で決行すると、新宿花園神社の境内に60年代のままに紅テントがたった。唐十郎の状況劇場の再来だ。劇団名は唐組となっている。公演日は超満員の客の入りで、昔を懐かしがった年輩者たちかと思っていたら、客は若い、パンク・ファッションの者までいる。ポスター・フライヤーの絵は宇野亞喜良だった。

PHOTO by HIROSHI MORINAGA

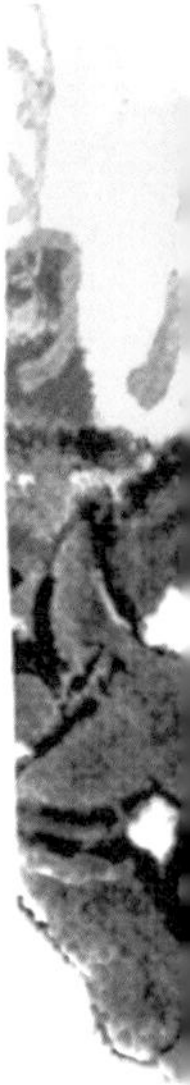

新宿≫紅テント

緊急事態という劇的な状況が演劇の演出にさえなったような、近来稀に見る公演だった。本来の姿を見た気さえした。

BACK TO 60s

芝増上寺

徳川家継の霊廟である有章院霊廟は日光東照宮に劣らぬスケールと壮麗さであった。田中優子・松岡正剛の対話本『江戸問答』は江戸について語り尽くしているが、第一章が「面影問答」になっていて、

松岡：これからは個人の記憶にある面影の話を語っていくことが、ほんとうに大事になっていくと思います。いままではそういう話は世界や日本の将来とは関係ないと思われてきたけれど、いまはそれをしないと日本の将来が危ういくらいぎりぎりのところに来ていると思う。

と発言している。

例えば今回、篠田桃紅の件でお世話になった芝増上寺は、江戸期には寺領が20数万坪という。これはいまの港区全体の広さだ。

この広大な寺領内には50近い寺院が建ち、百数十軒もあった学寮には常時３０００人の僧侶がいた。

いまは門だけが残るが、その凝りに凝った造形美は一級の宮大工の仕事だ。そこに安置されている広目天と多聞天という仁王像も技巧を極めて彫ったであろう仏師の仕事を偲ばせる。

いまは仏像も上野の博物館で開催された運慶展の大盛況もあってブームに

写真：関口照生

なっているが、仏像は博物館で見るものではない。
常に、人々の目に触れ、祈りをうける存在でなければ意味はない。

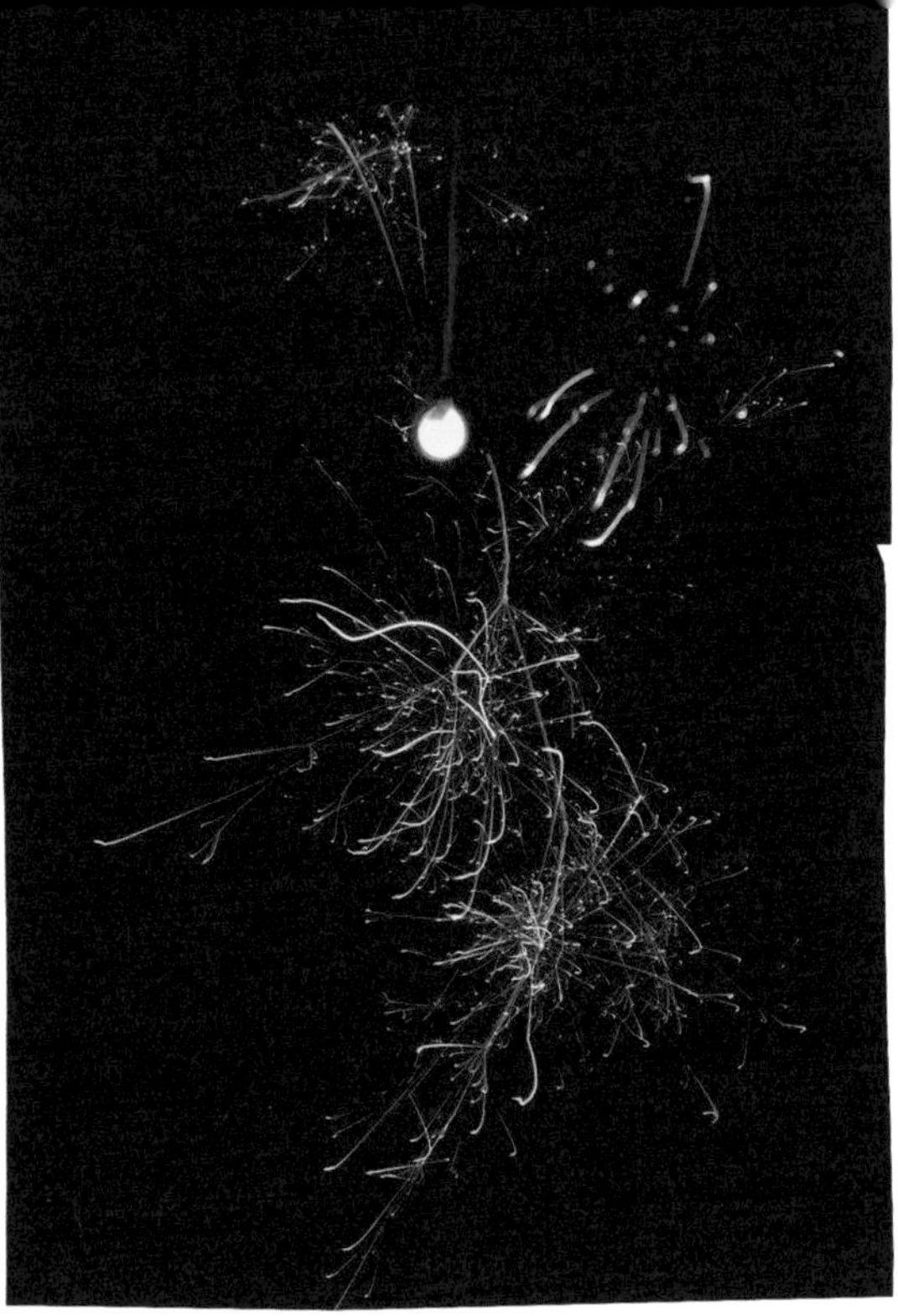

戦国時代が「大坂の陣」で終わると、戦いなき徳川幕府の世になり、敗軍の武士たちは城も藩もなくし、浪人となった。浪人は暮らすために何かしなくてはならない。無法者になる者もいた。良心ある者は長屋で貧乏暮らしをしながらも、傘張り職人になったり、子どもたちの学習塾である寺子屋を開いたり、青年の学問のための塾を開いたり、剣道の道場を開いたり、経験を活かすことになる。火縄師だった者は火薬の使い方に長けていたので、武器用の火薬を線香花火に改良した。打ち上げ花火は隅田川が格好の打ち上げ場となって、江戸の風物詩となった。江戸市民の大いなる喜びとなった。その風潮の中で、線香花火は大人も子どもも楽しめる玩具となって一気に普及した。この習慣は昭和まで続いたが、街が大規模な再開発でビルばかりになり、人々の暮らしにも余裕がなくなると消滅していった。

しかし、創業１９１４年の〈山縣商店〉が江戸伝来の線香花火を復活させようと、何年もかけ、トライした。

その製造の秘訣を唯一知る老婆を見つけ出し、火薬の成分や縒《よ》る紙の製法を聞き出し、江戸の線香花火を完全に再現した。

線香花火

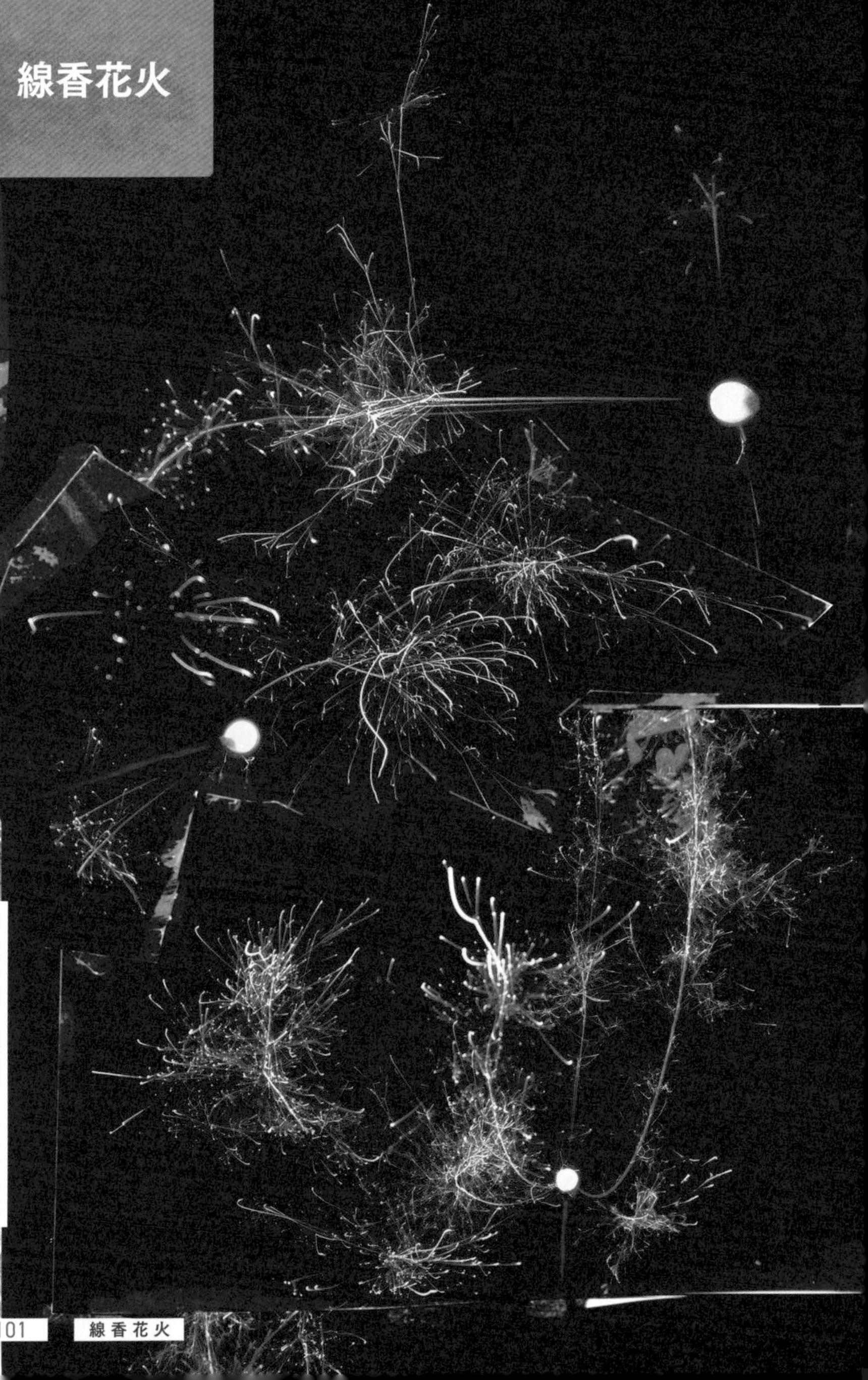

写真：吉村　仁（エレガンス・ワイルド）

盆栽は金に勝る財産となる。それも手をかけなければ枯れる。枯れたら元も子もなくなる。鉱物と異なり、生命、それも人間の寿命よりはる

PHOTO by
HIROSHI MORINAGA

かに長い数百年級の生命を持っている。
その造形は人の思い通りにはいかない。針金を使って型を作ろうとしても、木の生命・性質がある。人間のたゆまぬ努力と自然の力が合体する驚異の結晶物だ。
人間社会とは別次元の時間が、そこには流れている。
年に一度、京都で展示・販売の盆栽展が開催される。その情報は海外のコレクターにも伝えられ、彼らは来日して品定めし、一株数千万円の値で買っていく。イタリアの富裕層が盆栽好きらしい。

盆栽

HANDWORK

Hall
AN
D W
ORK

PHOTO by JIN Yoshimura

福島の農村部では、1000年の歴史を誇る高級な“福島シルク”の養蚕業が盛んだったが、3・11による放射能汚染で壊滅的被害にあってしまった。

“福島シルク”は、日本ばかりでなく海外からも需要があり、福島産生糸は多いときで日本の輸出総額の80%を超えていたといわれる。

福島シルクと佐野博子

PHOTO by
TERUO SEKIGUCHI

PHOTO by JIN Yoshimura

ここに、3・11の被害地の核心、南相馬に暮らす一人の女性を紹介する。佐野博子さん、現在80代だ。

PHOTO by JIN Yoshimura

佐野さんは仕事ではなく趣味で地元のタペストリーの先生について技を学んでいた。はじめはアメリカのフォークロア調の作品を作っていたが、佐野さんはその端切れを使って、いつしか、大胆な意匠のタペストリーを製作するようになっていた。しかし、あくまでも素人の手芸としか見られなかった。

京都や仙台などの古物市で高価な端切れを買い集めていった。着物になってしまうと、絹の生糸が何処のものだかはわからなくなってしまうが、その多くは〝福島シルク〟に違いない。

そして3・11がやってきた。

原発の近く、帰宅困難地区のギリギリの所に家はあり、被爆せずにすんだ。

3・11のとき、佐野さんはひたすら復興を願い、その自宅で「祈り」という大作を製作した。

最近、一部地区では〝福島シルク〟の復興が始まり、早くも、エルメスやアルマーニら海外のブランドからのオーダーが入ってきた。

ちなみに、福島シルクのはじまりは、1400年程前、宮廷内の覇権争いで暗殺された天皇の妃が、奈良を逃げ、養蚕とともに福島に流れついたことからという。天皇家と関係が深かったのだ。

だから蚕を天蚕といった。

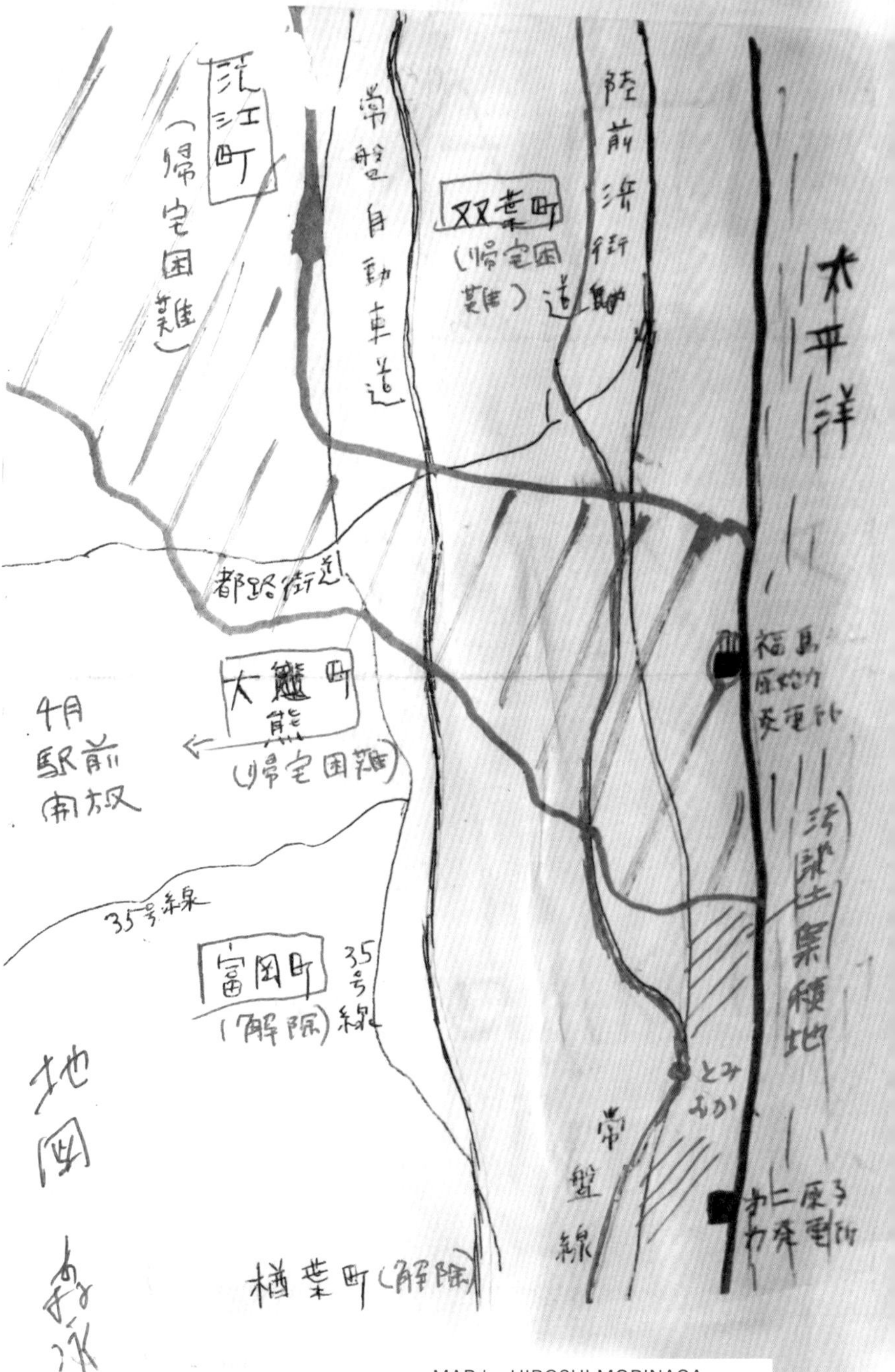

MAP by HIROSHI MORINAGA

二日酔い。
ヨドバシカメラ
新宿漂流
無慈悲な月曜日。
TOHO
SONY
Panasonic

BIC® のボールペンと HINAKO WAKUI

新宿漂流

また若手アーティストのHINAKO WAKUIもBIC®のボールペン派だ。

PHOTO by AI UEDA

BIC® のボールペンとピカソ

文具はコンピュータに取って代えられてゆく。

ペンを使って、手書き/描きであれば個性も生まれる。

知っていただろうか？　文具屋で見慣れていた、

あの事務の筆記のときによく使われていた

BIC® のボールペンの物語を。

商品名のBIC® は、1945年、パリ郊外に

小さな文具工場を創業したマルセル・ビック氏の名前が由来。

1950年にBIC® のブランド名で使い切りのボールペン、

ビック・クリスタルを販売開始。

キャラクターのBIC® BOYはフランスの

有名な画家レイモン・サヴィニャックが描いた。

1961年に黄色のボディのビック・オレンジが誕生、

世界中でヒットする。

このビック・オレンジの商品開発には、

パヴロ・ピカソも関与し、

ピカソはこれを使ってデッサンを描いている。

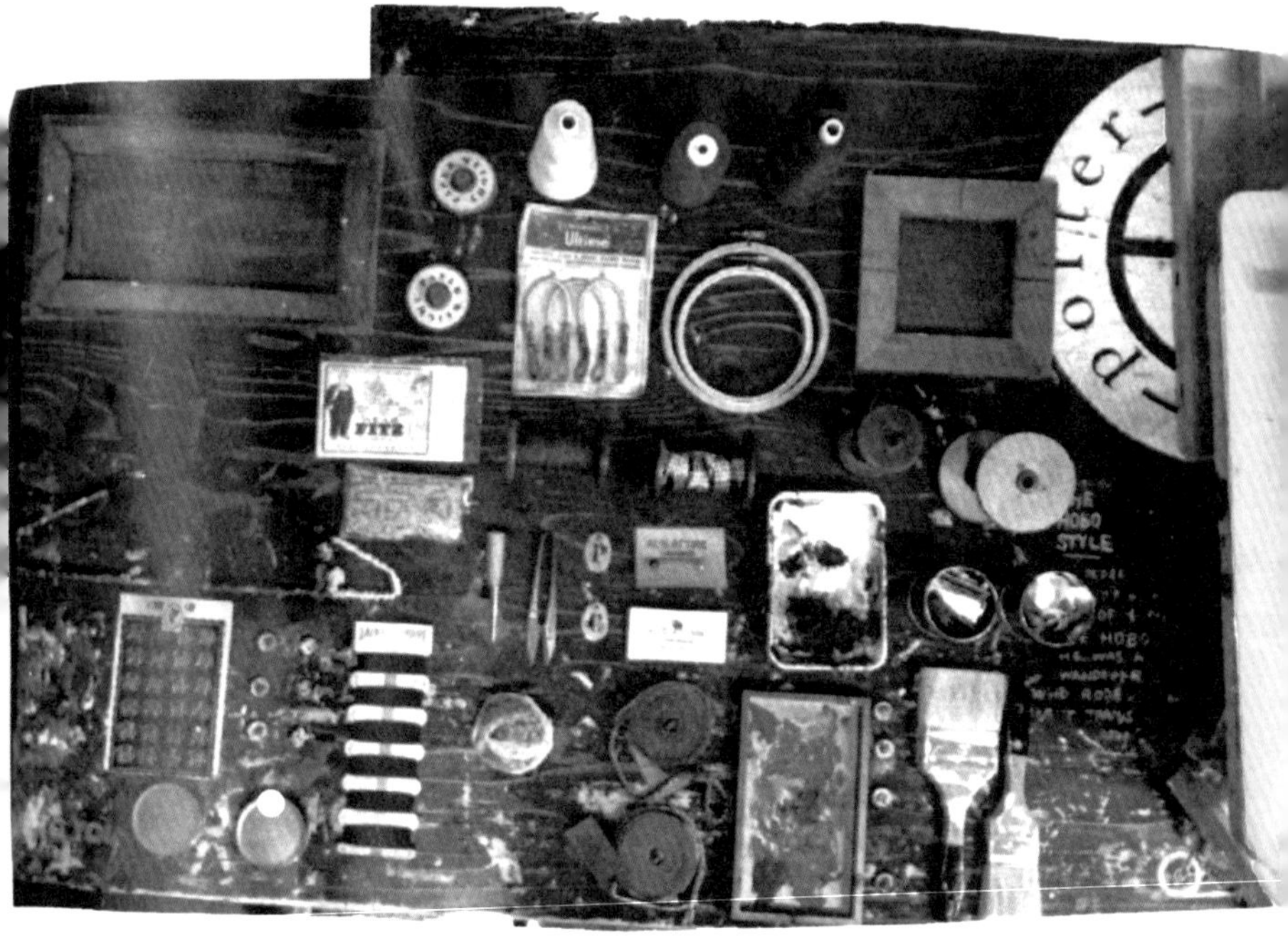

どういう想いを秘めた旅であったか、父・克幸と息子・玲雄の吉田父子は、サンフランシスコから車でシアトルにハイウェイを北上し、二人はグリーンウッドの丘の上にあるジミ・ヘンドリックスの墓を訪ねた。

　そのとき、いまも続く二人の旅が始まったのだろう。

　原点回帰するかのように、二人はPORTERをはなれ、

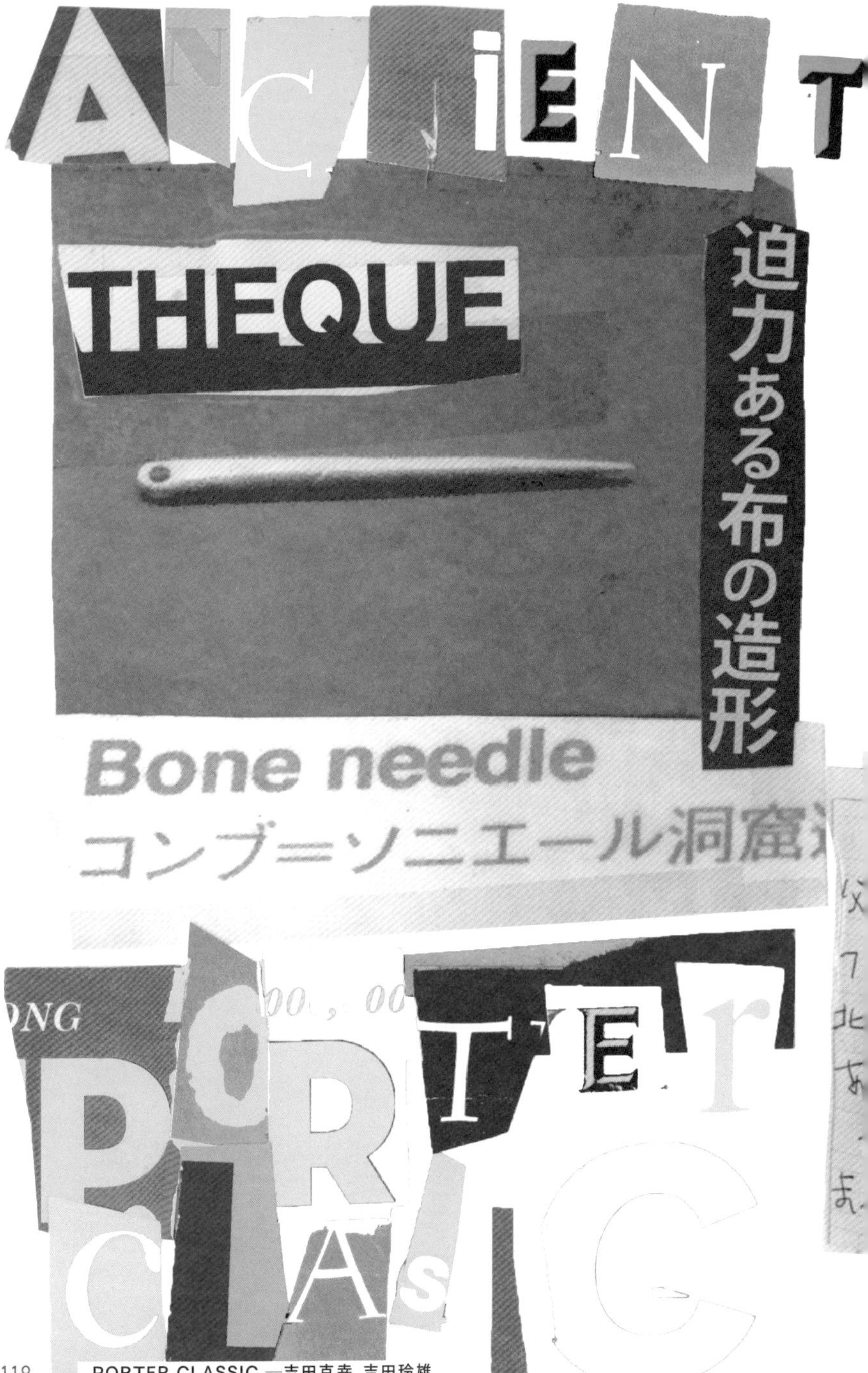
ANCIENT
THEQUE
迫力ある布の造形
Bone needle
コンブ=ソニエール洞窟
PORTER
CLASSIC

縫い針の復活を目指し、PORTER CLASSICを創業した。

この新たなビジネスの起業にあたって、それまで誰も思いつかなかった事業形態を突き進めた。それは、まず会社の従業員として手縫いのお針子を6人雇ったことだった。

その事が何を意味するか。

ヒトはおよそ2万年前に、ほぼいまの縫い針と形を同じくする骨製の針を発明した。

それは南仏のコンブ＝ソニエールの洞窟で発見された。ヒトは氷河期を乗り越えるために、きっと誰かが、それこそSF映画『2001年宇宙の旅』の冒頭のモノリスの天啓をうけ骨を道具にしたように、縫い針が閃めき、毛皮を縫って、服らしきものをつくって着たのだろう。

2万年前のその一瞬に、ヒトは生存の道を歩むことになった。

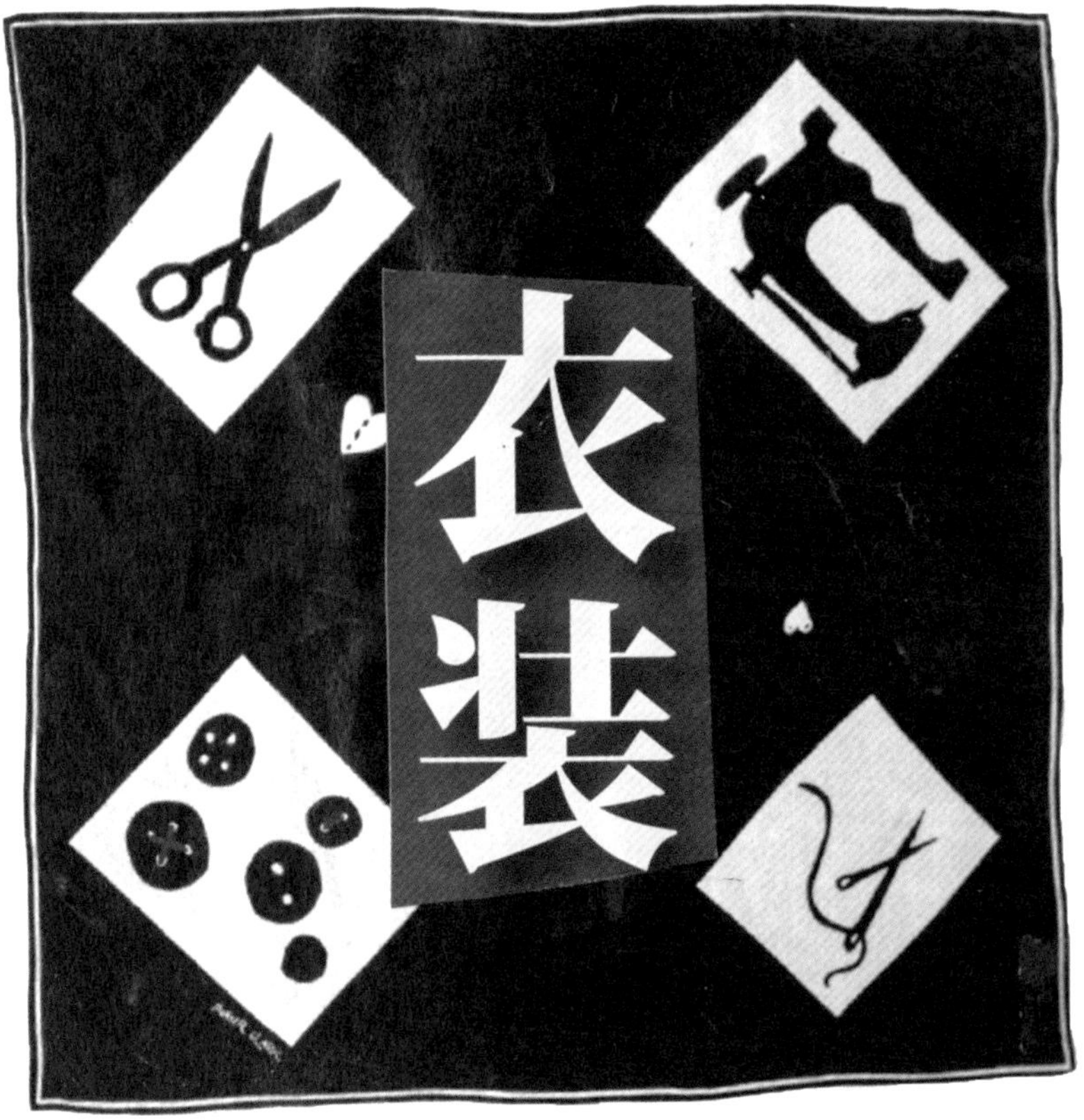

そのときの針こそ、骨から鉄に変わっていったが、最も神聖なモノであったかもしれない。

PORTER CLASSICは、今日も針を使い服を創る。

それこそが原点であり、永遠に変わらぬ営みだ。

TAILOR CAID
― 山本祐平

筆者の人生に衝撃を与えたのは、いまも現役で活動しているローリング・ストーンズであり、曲はベトナム戦争時、化学兵器を使用する米軍を告発するシャウトをラブ・ソングにした歌だった。米軍基地の町・立川で、ジュークボックスから流れてきたその曲に全身電気が走り、翌日高校を辞め、家を出た。17歳のときだった。

あとで知ったのだが、当時のローリング・ストーンズはロンドンの不良少年で、本来は革ジャンやモッズ・スタイルなのに、なんとブルックス・ブラザーズのスーツを着ていた。

ブルックス・ブラザーズは、ニューヨークのマンハッタンのスーパーエリートのビジネスマンのユニフォームであり、およそロックとは無縁のスタイルだ。

祐平さんは若い頃、老舗の紳士服テーラーでみっちり修業をつんだ。伝統を重んじ、格式もある世界だったが、封建的ではある。

67

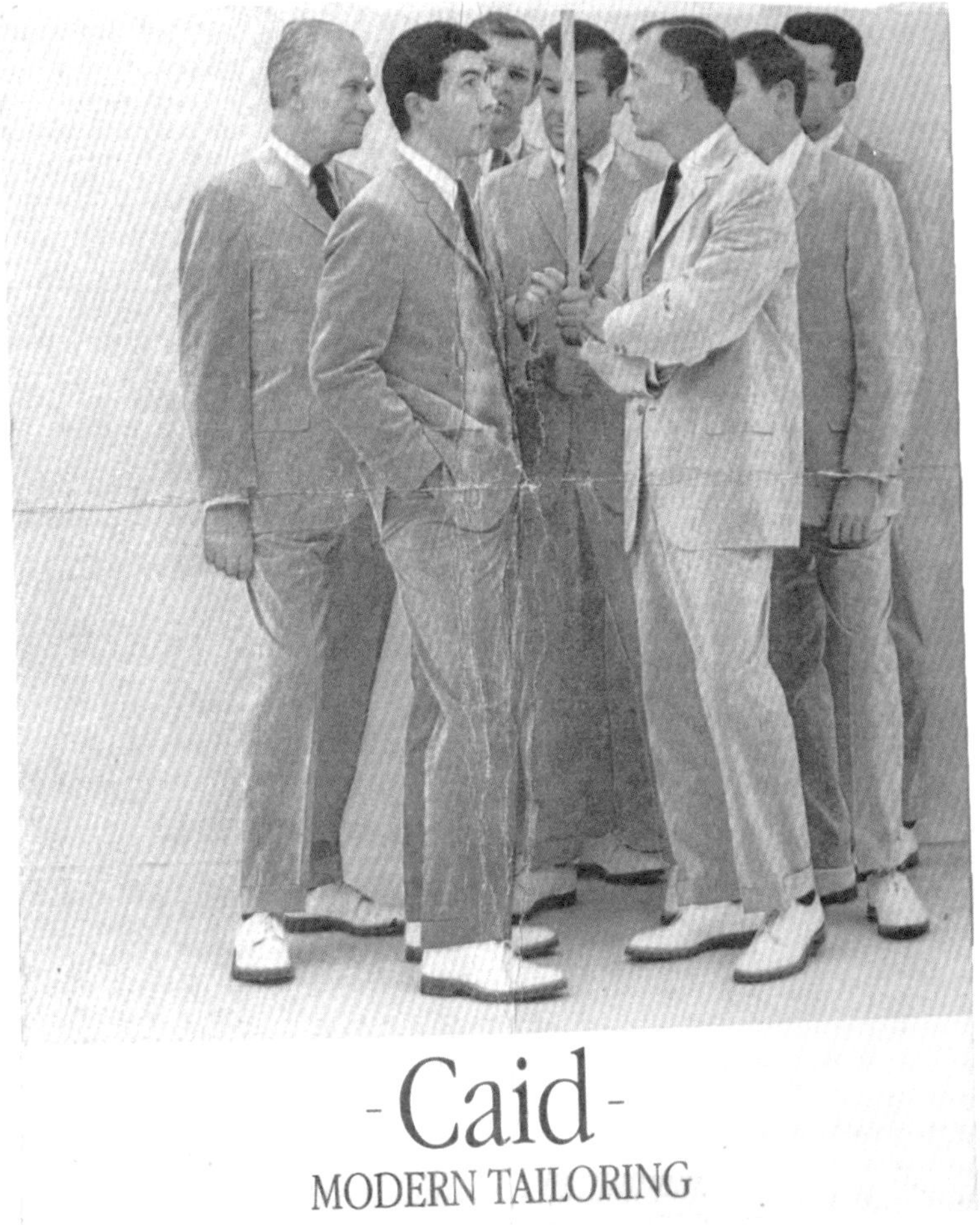

自分で背広をつくってみたいと思った。
それもデザイナーになるのではなく、
昔ながらのやり方で“仕立て”てみたいと。

ILLUSTRATION by MICHIHARU SAOTOME

ILLUSTRATION by MICHIHARU SAOTOME

LESTER

若い祐平さんには、その時代を生きる生々しい血が流れている。保守にとどまる気はない。ごく普通にドロップアウトした。伝統は重んじるがトレンドの文化潮流にも関心がある。独立した店には、若い客がついてきた。あのときのローリング・ストーンズのように、生涯その仕事を一生つらぬく覚悟を身につけるために、祐平さんの店でスーツを仕立てる。

20歳で仕立てる若者もいる。

祐平さんの仕事はニューヨークでも知られてゆく。

そして実際、祐平さんのスーツを仕事着にした者は絵描きでも、ミュージシャンでも、物書きでも仕事をずっと続けている。

祐平さんは言う。

「20歳になったら、男は自分のお金で一張羅のスーツを仕立てるべきだ」

それも男の軌道なのだろう。

安売りのスーツなど着ていたら、所詮、その程度の人生で終る。

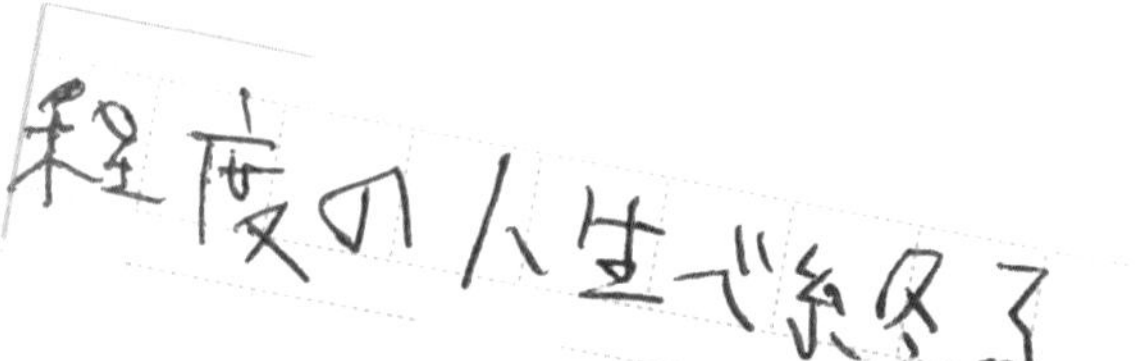

ANREALAGE
— 森永邦彦

ＡＮＲＥＡＬＡＧＥの代表でデザイナー、森永邦彦は筆者の実弟の息子であり、つまり甥っ子だ。筆者の父であり甥っ子の祖父は工業系の技術者で国家に多大な貢献もしている。父が教訓としてくれた、たった一言をおぼえて、実行してきた。

それは、事を始めるとき、最初に軌道をつくり、１ミリのズレもなく発射しなければならないということ。１ミリのズレはやがて１メートルになり、１キロにもなり失敗する。

邦彦は学生の頃、すでに活動を始めていたが、まだアンダーグラウンドだった。都内のＤＪクラブなどで、素人の女の子をモデルにショーを行なっていた。

その頃には少し過激な「造反有理」をテーゼに掲げていた。ファッション界の、従来の、固定された観念に封じこめられている現状への挑戦であった。

はじめは思想性が強かったが、やがて、中学の同級生で、物事を一貫する性格の友達をパートナーに迎え、いまや世界的定評をうけるパッチワーク作りの道に入ってゆく。アンダーグラウンドから脱却してゆく。

その頃、標語は、「神は細部に宿る」と新たになってゆく。その技術は世界でも認められ、国内外の賞を獲得してゆく。世界のフェイムにも着られるようになり、パリコレのレギュラー・デザイナーになり、フランス、イタリアにも進出してゆく。

２０２２年、秋に東京で発表したパッチワークは、衝撃を与えた。

廃物の布の端切れを布地屋で集め、一着４０００ケを使い、ドレスを縫いあげた。

そのドレスが多数、東京と、パリのショーで発表された。

あのときから、軌道上にいるのだ。

１ミリのズレもなく。

まずこの迫力ある
布の造型を見られたい。
美しく神秘的でさえある

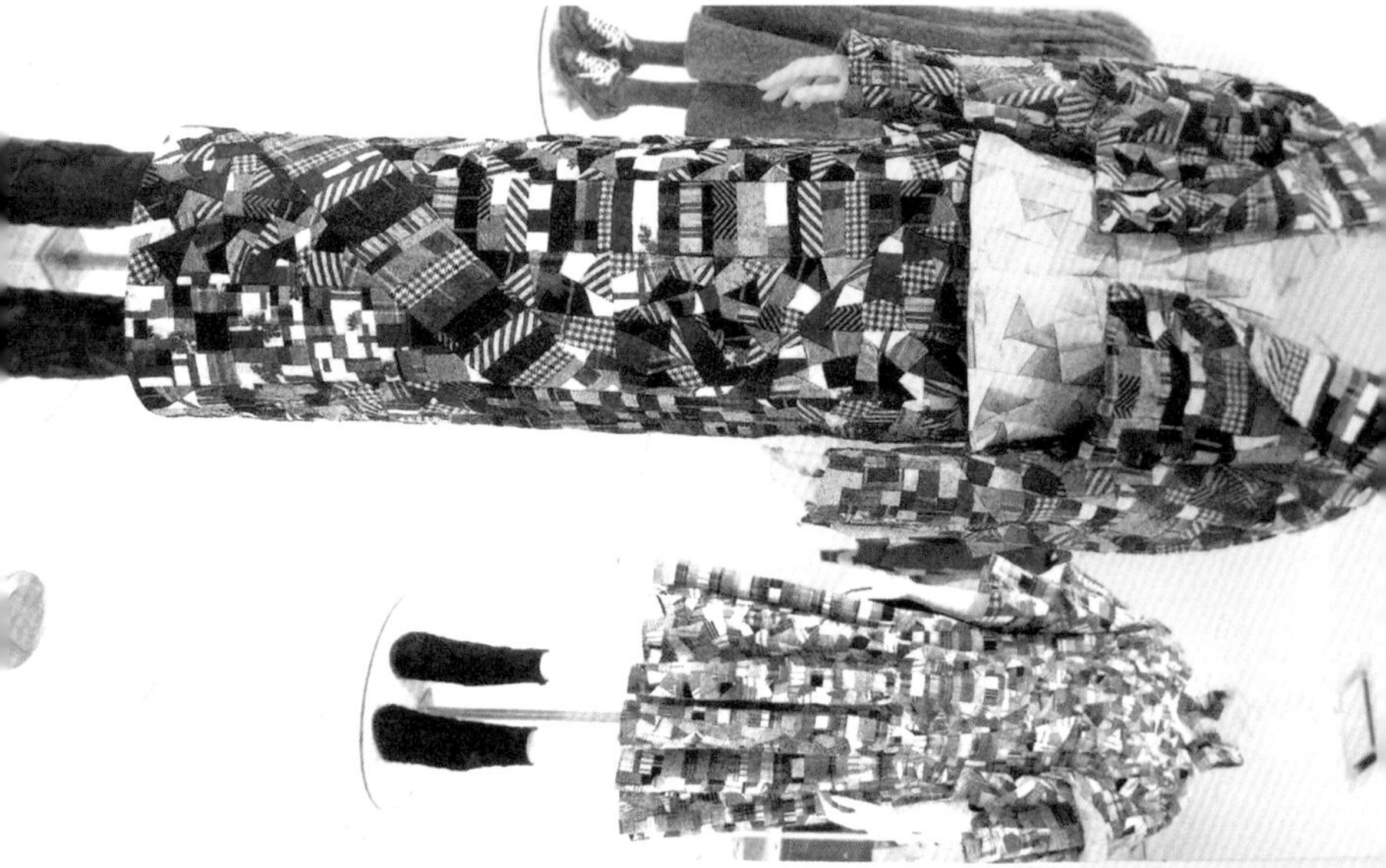

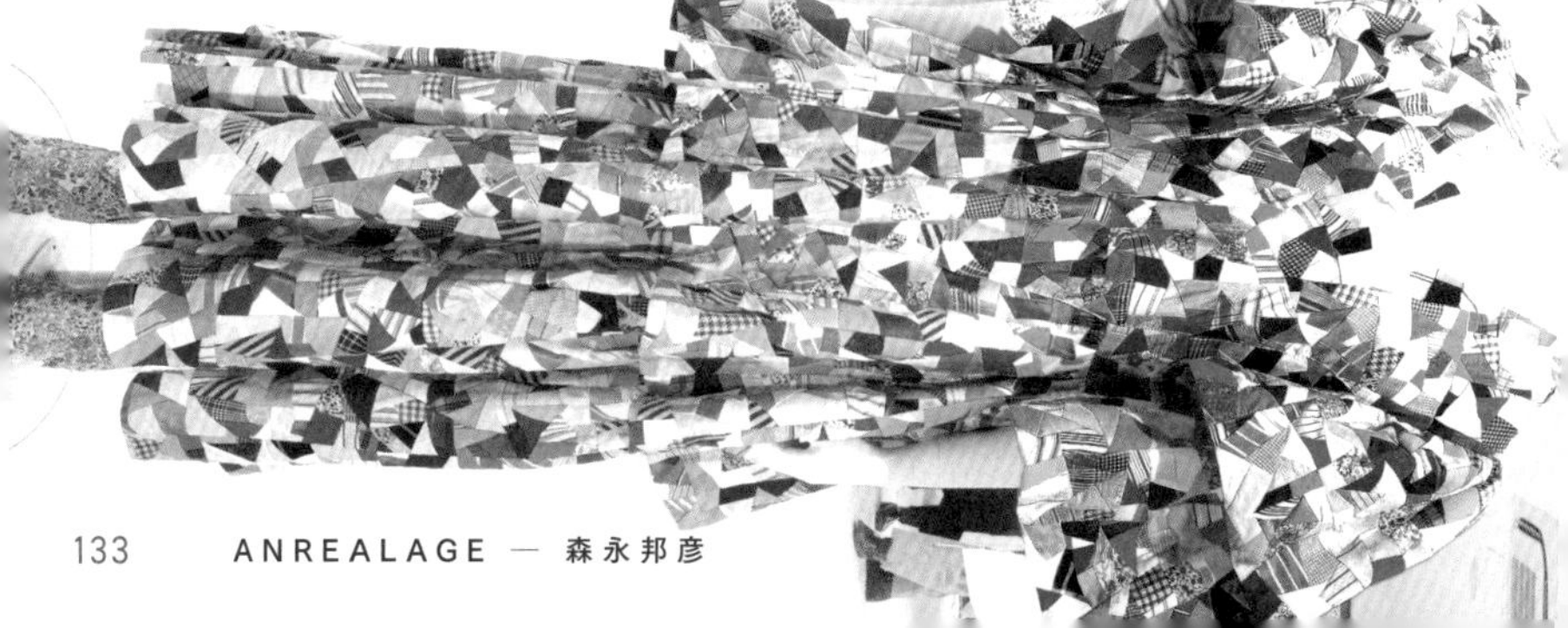

篠田桃紅

Toko
g
RAN
d
Shinoda
u

自分がやりたいようにやってきた。
価値観も私流でやってきた。
それが一生貫けた。
それでご飯を食べることができた。

篠田桃紅（1913 – 2021）

1913年　3月28日満州に誕生。

1914年　東京に移住。

1919年　6歳。初めての書。雅号を桃紅に。

1920年　関東大震災体験。

1925年　ロシア文学に傾倒。

1932年　本格的に短歌を詠む。

1935年　22歳。書道の先生となり、生業に。
初の書道展も開催。

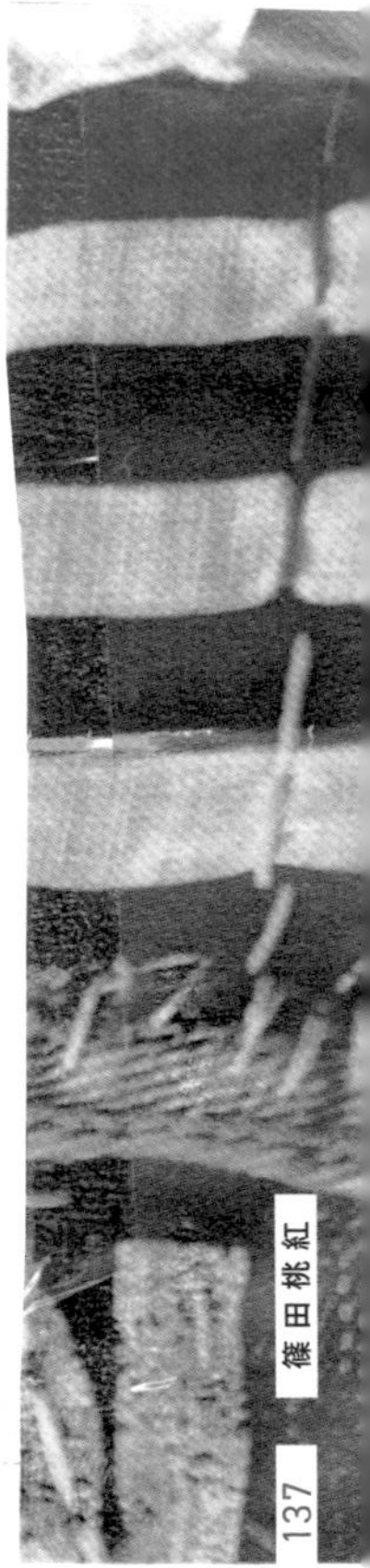

1941年　東京大空襲体験。

1947年　伝統系から抽象へと進む。

1955年　42歳。書画家として国内外の展覧会に出展開始。

1956年　43歳。単身渡米。ボストン、ニューヨークの個展に始まり全米各地でも開催。

1958年　日本での人気も急上昇。

1960年　リトグラフの製作を開始。

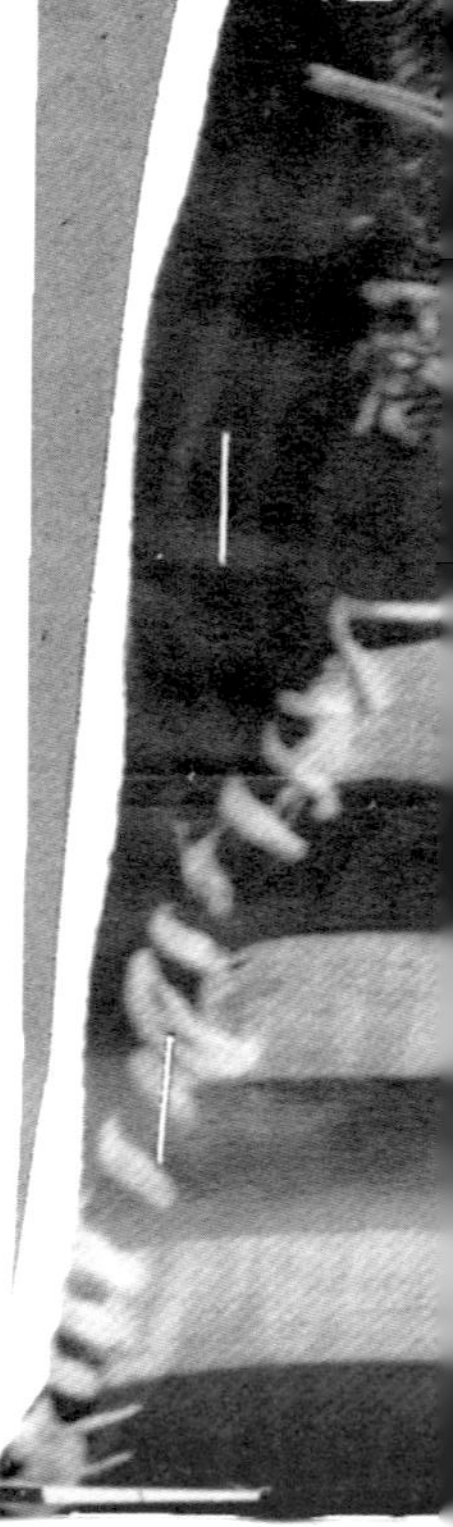

1965年　ニューヨークの権威あるギャラリー、ベティ・パーソンズ・ギャラリーで初個展。以後1968年、1971年、1977年に開催。さらに世界的人気上昇。

1971年　東京南青山にアトリエ兼住居を構える。

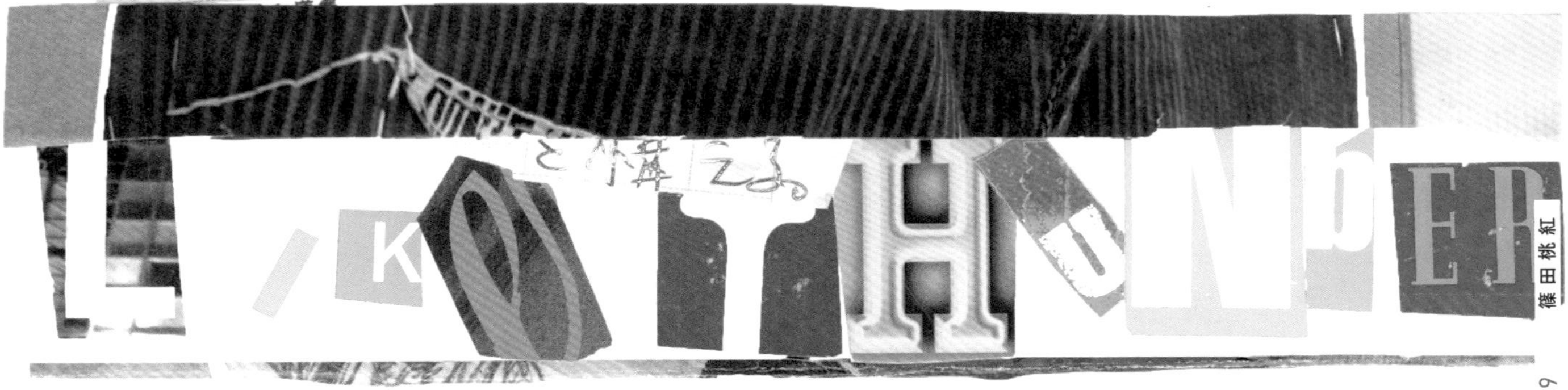

作品を収蔵する美術館：アート・インスティテュート・オブ・シカゴ、イエール大学、グッケンハイム美術館、クレラー・ミュラー美術館、シンガポール国立美術館、フォード財団、ロックフェラー財団、大英博物館、ボストン美術館、ブルックリン美術館、スミソニアン美術館、メトロポリタン美術館、シンシナティ美術館、オルブライト＝ノックス美術館

現在、アート・オークションでも高騰中。

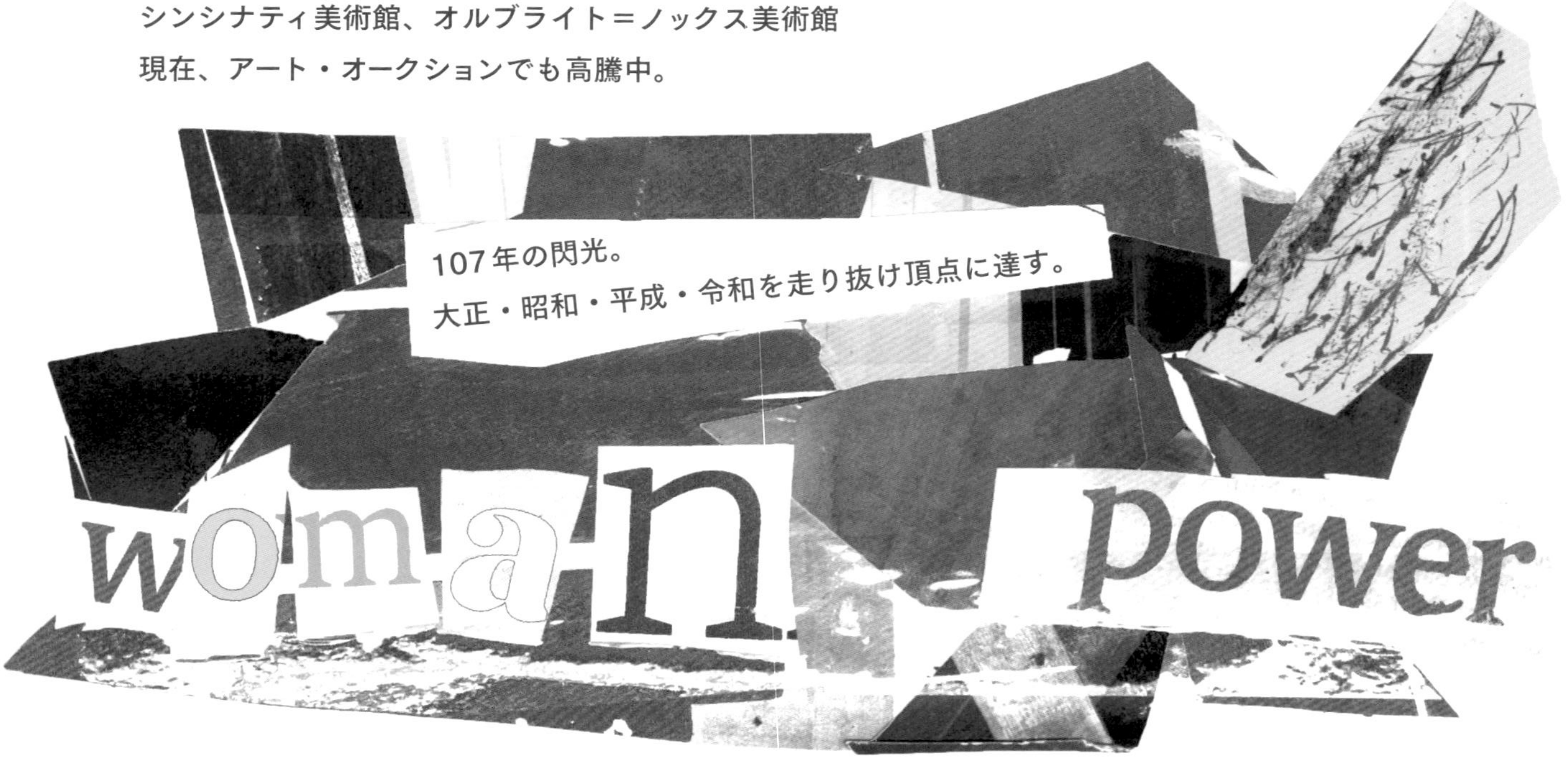

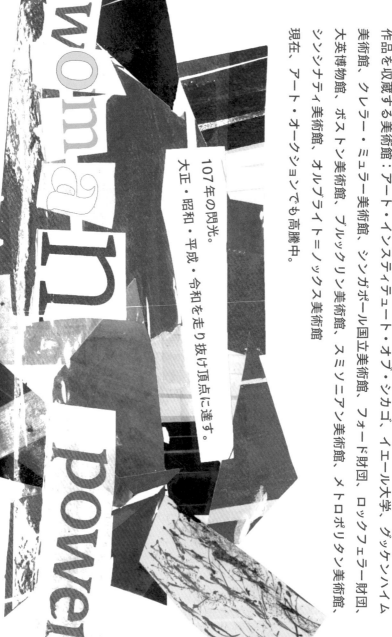

107年の閃光。
大正・昭和・平成・令和を走り抜け頂点に達す。
woman power

まぎれもなく篠田桃紅さんは、生涯微塵の
妥協もなく、生きたいように生きた稀有な存在だ。
古代に始まるようなエネルギーに満ちている。
ここに篠田桃紅さんがおよそ半世紀前、
徳川家の霊廟、芝増上寺の
宝物殿に製作した巨大画を紹介する。

PHOTO by TERUO SEKIGUCHI

本作《四季》は、大殿本堂地下1階ホールのロビー壁面のために製作した作品です。中央には日本の伝統的な破り継ぎ、切り継ぎの技法を用い、旧作や反古の書をちぎり破いて貼り重ねています。四季を主題に季節の移り変わりを、墨のもつ豊かな濃淡でいかし、縦2.5m、横28mの長大な壁面にリズムが生み出されています。この大作は常時展示されています。観賞無料。

一説では、使われた墨は中国明代のとんでもなく貴重なものだそうです。

そして、作家にして僧侶の、若い頃より篠田桃紅さんの生き方と作品を崇拝してきた生島マリカさんに文章を寄せていただいた。

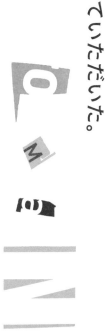

篠田桃紅と私

——自分の道を見つけられた人

篠田桃紅を知ったのは、私事ながら、4度目の離婚で自分の人生を見失なっていた頃だった。そんな折に、御年100を越えた偉大な女性書家がいると京都の粋人より耳にしたのだ。

ほどなく、偶然にも立ち寄った先に桃紅の展覧会があるのを知り、駆けつけたのが篠田桃紅と私のはじまりになる。これまでに見たことがない、静謐で、たおやかでありながら芯を感じられる墨と出会うことができた。

篠田桃紅は1913年に7人兄弟の5番目として生を受け終生を書に捧げ独身を貫いた。父が書を嗜んだこともあり、幼年期から毎年お正月の書初めは欠かさずに行なわれたという。成長して、女学校へ通う頃には戦争が暗い影を落とし始めた。この頃の娘たちは、料理裁縫などの家庭科を必須として女学校を卒業したらお嫁入りするのが当たり前の時代だった。よしんば高等学校まで出たとしても、やはりお嫁に出されるのが一般的な常識であったろうことは想像に難くない。

桃紅の女学校時代の友人たちも、ご多分に漏れず次々と結婚してお嫁に入った。しかし、そのなかにわずか新婚2ヶ月で新郎が戦地へと赴いた友人がいた。それでも夫君が無事に戻れさえすれば良かったのだろうが、残念ながら帰らぬ人となってしまった。

当時、嫁というのは夫の旧家に入ることを意味した。桃紅はたった2カ月の夫婦関係で夫に先立たれた友人が、嫁ぎ先にとって体のいい労働力となってしまったように感じていたのだった。この現実に、結婚が安定を約束するなど誰が言ったか、とんでもなく無謀なクジに思えたと桃紅は後に回想している。運良く当たりクジを引けば幸せな結婚生活を送れるかも知れないが、もし外れを引けば取り返しのつかない人生が待っている。大袈裟なようだが、このように思ってしまったのも、桃紅の娘時分は現代とは違い、離婚するのはずっと難しかった時代背景があったためだ。

聡明な桃紅が結婚なんて簡単にしたら女は大変な目に遭う、と結婚自体を怖がり忌避したのも無理はないことにも思えるが、その前後に読んだという芥川龍之介の随筆も、桃紅が結婚を遠ざける一因となったことは桃紅本人が認めている。そこには「日本の女性はパラソルひとつ買うのにも、デパートメントのあちらこちらに行ったり来たりして、一日がかりでやっと決めるのに、一生の相手を決めるのに、知り合いのおばさんとか学校の校長とか、はなはだあてにならぬ人物のすすめによって、一生の連れ合いを決める。日本の女性はどうしてもわからない」と書いてあったという。この一文に、目から鱗が落ちた思いで膝を打ったに違いない。

当時はお見合いや紹介で結婚するのが主流だった。だいたいは、一、二度ほども会っただけで結婚したのだ。

だが、先述した女友達のように若い身空で夫を失い、嫁ぎ先の姑から女中のごとく扱われる理不尽を見て、いったい彼女は何のために結婚したのだろうというようなことも疑問に感じたわけで、ますます結婚などしたら一生を棒に振るのではないかと危機感を募らせたことだろう。

私も、娘時代に結婚が一生を賭けたギャンブルだと気づけていれば、恐ろしくてとても手出しできなかった。勝てば幸福になれるかも知れない。されど、負ければ一生を台無しにするのは確実なのだから分は悪い。

この賭け事に負けないために出来ることは唯ひとつ。参加しないことだ。桃紅の判断は正しい。おおよそ他者を当てにしなけりゃいけない2分の1の確率に挑むよりも、自分1人だけの面倒を見るほうがはるかにリスクは下がるだろう。

ただし、対外的にそれを避ける都合をつけるには具体的にどうしたらよいのか。桃紅は女学校時代の習字の先生から言われた「あなたにはひとかどの才能がある」という言葉ひとつをよすがに独学で書を学び続け、ひとまず書道教室など開いたら食うには困らないのではないかと考えたのだった。

結婚しなくとも一人で生きられるよう身を立てるべく書道教室で教えつつ、23歳になりアーティストとしても銀座鳩居堂で初の個展を開いたりしてみたものの、「才気煥発だが根無し草」と書道界からは酷評され、戦争が終わる頃には30歳を迎えていた。やがて疎開先より戻った東京でＧＨＱ関係者の目に留まり、ニューヨーク行きの切符を手にした。言うまでもなく、桃紅が世界的な知名度を持ったのはニューヨークへ渡ったのをきっかけにしてからであろう。桃紅は実に43歳だった。

生涯独身を貫いた桃紅は、１０７歳の天寿を完うするまでの決して短くはない間に考えを変えたことがなかったのだろうか。また、恋をしたことはなかったのだろうか。

私は大阪万国博覧会の翌年に生まれた。両親は留守がちで乳母とお手伝いさんに育てられた。幼少期は絵を描くことと読書が大好きであった。週末になれば、画用紙の前から動かなくなる私を見た父から、パリに留学するがいいとお墨付きをもらえるほど絵を描くのに夢中になっていた。

私の父は1928年生まれで、桃紅よりひと回りと少しほどしか離れていない。その私の父はというと、幼い私に、女は金の話をするな、大学に行かなくてもよい、就職などせず適齢期になれば親が見つけてくる相手と結婚するのだと呪文のように言い続けていた。13歳で生母が亡くなるまでは、私自身も父の呪い通りの人生を送るものだと信じて疑わずにいたものだ。

ところが、否応なく13歳で独立をせざるを得なくなった私は、生活費を捻出するため夜の街を彷徨った。酷い目や怖い目にもたくさん遭った。18歳。ようやくファッションモデルを仕事として立ち行くようになっていたものの、2年後にはトラブルに巻き込まれてモデル業を辞めることになってしまう。この間も折に触れて文章は書き綴っていた。

21歳で父が亡くなり、いよいよ天涯孤独となってしまった。続いて親友にも先立たれてしまい、止め処もない孤独感に苛まれていく。そうして私は、絵や文よりも家族を求めた。

23歳で初めての結婚生活を始めてから25歳で子を授かり、27歳で2度目の結婚をして、31歳で3度目の、40歳で4度目の結婚をして、45歳で4度目の離婚をした。そして45歳になる直前に自叙伝を発表した。私は、4度目の離婚でようやく悟ったのだ。

家族さえいれば家庭ができると思い込んでいた。好き合う者同士ならば、愛ある夫婦として豊かな人生を送れるのだと、道すがらに仲睦まじい老夫婦を見かけては、愛さえあれば、自分にも幸福な結婚生活を手にすることが出来るのだと自分に言い聞かせてクジを引き続けた。

しかし、現実には私の思うような幸せは得られなかった。広い家、何でも買える夫、お腹を痛めて生んだ我が子を手にしても結婚で幸せにはなれなかったのだ。

桃紅のいうように、結婚はクジだ。当たりを引けば、愛し合ったままの2人が添い遂げられる。だけどクジの9割は外れというのに、私は諦めが悪く4回もクジを引いた。結果は惨敗だった。

桃紅は結婚から逃げ、私は結婚を追った。桃紅は自分の結婚には幸せがないことを早くから悟っていた人生で、私は、自分の結婚にこそ幸せがあるのではないかと模索して回り道する人生だった。

人には生まれ持った星があるという。私は当たりクジを引けない女なのかも知れないと、50歳にしてようやく受け止めることができた。ここに考えが至るまで桃紅の存在に学ぶことはとても多かった。

最初からクジに身を任せることなどせず、自分ひとり、ひとつのことを仕事にして死ぬまで生ききった桃紅とはまったく逆の幸せを追ってきた私だったが、今になり、私自身の幸せとは何かを、今度こそしかと自覚したのだ。やっと私も自分の道を知ることが出来たように思う。

桃紅の印象を半世紀以上も歳下の私が「少女のようでもあり、貴族夫人の華やかさも兼ね備えた」と申し例えるには些か僭越だろうか。

随筆や出演動画に見る実際の桃紅は、とても若々しい語り口調で、百寿を越えた桃紅本人をして禅僧と例えるには良い意味で乖離しているようにも感じられたが、死の直前まで妥協なき美へのこだわりや、常に墨とともにある暮らしが、文字通り身を尽くし誠実に語られていることに変わりない。

桃紅の語る多くは人と人との関わり、因果関係についてだった。このことからも、桃紅が最後まで考えを巡らせ続けていたのは人と人との出会いであったことが推察できよう。

桃紅が書す「人」という字は、人と人との最小単位の関わりである。曼荼羅のように宇宙へと押し広げた壮大な相関図ではなく、あなたとわたしの二人で作られる文字だ。そして夫婦も、あなたとわたし二人の関係で完結する。

「人は人と関わるから不幸が生まれ、人は人と関わることで幸せも生む」

桃紅が逝去して数カ月後。増上寺の地下展示室に未曾有の作があるのを見つけたと森永博志氏より驚きの連絡をいただいた。この由緒ある寺が、篠田桃紅の秀作を所蔵するのは広く知られる。

私は森永氏の一報から直ちに増上寺へ駆けつけた。

しかし、たびたび展覧会で足を運んだことのある空間に存在した巨大なそれが、よもや桃紅の大作であったとは露ほども思わず。私は己の目を恥じた。そうした流れでこの度は不思議なご縁をいただき、実は身近に存在していた篠田桃紅の傑作をこの眼でしっかり見知る機会と相なった。

関口照生氏が構えるカメラのシャッター音が小気味よいリズムを刻む。40メートルもの壁一面に及ぼうかとする題名を「四季」とした大作をしばらく眺めていたら、端々に作者の思いを読み取ることができた。私には、桃紅が増上寺の壁に描いた四季が輪廻そのものに映ったのである。桃紅は徹底して俗世間から断絶した生き方を貫いた書家であり、それは本人も自称する禅僧のような暮らしだったといわれている。表現者とは、時に外的な刺激で発露する時期もあるが、熟するに従い、それらを遮断することで更なる洗練を極めていくものかも知れない。

人は人と関わることで迷いを生じる。だが、表現をして人生を閉じると決心した者に迷いは生まれようもないのだ。

23歳で己の道を決めた時から、人としての甘っちょろい幸せなど求めることなく、ひとつのことだけ追求して生ききった孤高の芸術家、それが篠田桃紅の一生ではなかっただろうか。

文：生島マリカ

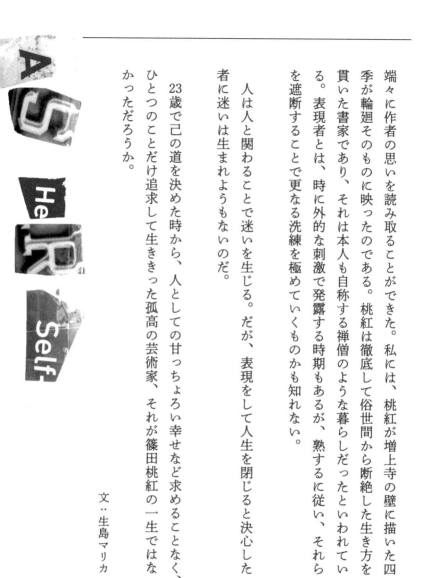

篠田桃紅が富士山麓にアトリエを構え、毎日、赤富士をながめ、その神々しい姿を語っている文章を新幹線の座席に座り読み耽っているとき、本から目をはなし、ふと窓の外を見ると、なんと、その富士が真っ白い雪を山頂に抱いた神峰の堂々たる姿を見せていた。見えたのはほんの数分であったが、すぐに平地につらなる山に消えて見えなくなった。

自分がやりたいようにやってきた。

それでご飯を食べることができた。

古くならないOLD STYLE

春になると夜が明けるのが早くなり、6時には家を出て、近所の芝浦のバス停から100円の港区区民バスに乗り、終点赤羽橋に行く。途中、かつての薩摩藩屋敷跡の日本電気ビルなどを眺め過ぎる。赤羽橋からは、芝へと大通りを渡り、増上寺裏の桜並木を鬼平気分で散策し、道を東京タワーのほうへと渡り、長岡安平が遺したもみじ谷を眺め、その辺りの深山幽谷境の静寂に浸り、黙想。

タワー下の谷を渡り、世界最古の樹といわれるメタセコイヤの小さな森を散策し、150年程前に寺の一画に設立されたという正則高校や芝学園を抜け、そこで徳川領は終り、別世界の森トラストの高層ビル群へと道を渡る。

ビルの谷の下の細道を歩いてくると、地下鉄日比谷線神谷町駅出口真ん前の珈琲大使館にたどりつく。およそ1時間の散策。すでに喫茶店は、コーヒーを飲み、煙草を吸い、スポーツ新聞を読む正統勤務人たちで満席だ。

カウンターに席をとり、袋から制作途中の本書〝NEVER GET OLD〟を出して、手を入れる。その日のおすすめコーヒーを飲む。エルサルバドルの豆が好きなのだが、その日は品切れ。250円のシナモントーストを頼む。トーストにシナモン、クリーム、レモンの名物だ。

マスターの一さんと下らない話に興じる。

1時間ほどくつろいで、店をあとにする。

ここの店内に流れる音楽は50年代、60年代のモダンジャズだ。

城山といわれる山の手地区に入る。かつては大名の武家屋敷だったのか、緑をいかした高層ガーデンの空中路を抜けてゆく。そこの外装をひかえたマンション群は緑も多く、快適だ。城山を抜け、丘の通りに出て、仙石山に入る。ここもランドスケープはよくできている。かつて永井荷風が住んでいた辺りに着く。地名は六本木一丁目。

こんな所にサウジアラビアの王国宮殿がある。大使館だ。泉ガーデンを背に麻布通りを渡り、その先の遠州屋の通りを抜け丹波谷坂の細道を下ると、暖簾がひるがえる和食の紬《つむぎ》がある。御膳料理だ。

その先、閻魔坂沿いに、いきなり墓地が広がる。昔から変わらずあるのは六本木にこの墓地だけだ。

昔は静かな町だった。夜ともなると暗闇の中に、〈ハンバーガー・イン〉や〈パブ・カーディナル〉〈ドンク〉〈シシリア〉〈アントニオ〉〈香妃園〉らの灯がともるだけだった。夜の闇は暗かった。墓地は、浄土宗の、つまり増上寺系の教善寺、光専寺、深廣寺、崇巌寺連合だ。かつてこの辺りも増上寺領だったのだろう。

ついに六本木の商店街に出ると、ランドスケープはいきなり無秩序となり、汚れ、路上はゴミがちらばり、70年代のブロードウェイのように荒廃し、建物を下手なウォールペイントが覆い、最近やたらと多いシーシャバー、カラオケ、バーレスク、ビットコインの看板、シャンパン屋、質屋、カジノらが占める。道行く人は白人系ばかりでなく、アジア系、南米系も多く、ここはまるで外国人居留区か。無国籍だ。その繁華街を抜け、六本木でも路地が残る四丁目に入る。そこに、１９６８年創業の〈一億〉があり、片隅のテーブルに着く。そこで、また〝NEVER GET OLD〟を袋から取り出し、作業する。

まだ開店前だ。女将さんが、厨房でランチのメニューを仕込んでいる。店内には60年代のロックの名曲が流れている。店内はマスターが自分で大工した竹の内装。常連客の芸術家・結城美栄子さんの作品も、書道家の石崎甘雨さんの作品も飾られている。

目に入るものすべて、芸術的、宗教的だ。チベットの茶屋みたいだ。つくりこんだ便所には、1976年撮影の若き日のサンタナと横尾忠則とマスターの写真がある。撮影は当時まだフリーになったばかりの三浦憲治だ。

検索すれば名物料理が紹介されているが、使う油は極上なので、体にはうれしい。

おそらく、ここに通ううちに、〝NEVER GET OLD――古くならないOLD STYLE

生活大全〟が閃いたのだろう。そして、実際、ここで本を手作りし、いまは娘さんのアイちゃんが女将さんをつとめ、この本作りを少し手伝ってくれた。謝々。

MINATO CITY

ROPPONGI
GREEN CLUB

そして最後の最後に、六本木の仙人にして哲人の〈一億〉マスターの名言をひとつ。

106-0032 東京都港区六本木4－4－5
4－4－5 Roppongi Minato-ku Tokyo Japan 106-0032
TEL03-3405-9891

高くなると
気持よく

太極拳の名手、「一億」のマスターの動画

撮影：吉村　仁（eleganceWILD）
編集：Vj じんりき（山川DC / eleganceWILD）

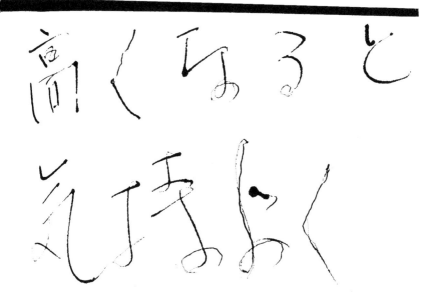

理解度が
楽しく
なる

2016.5.1

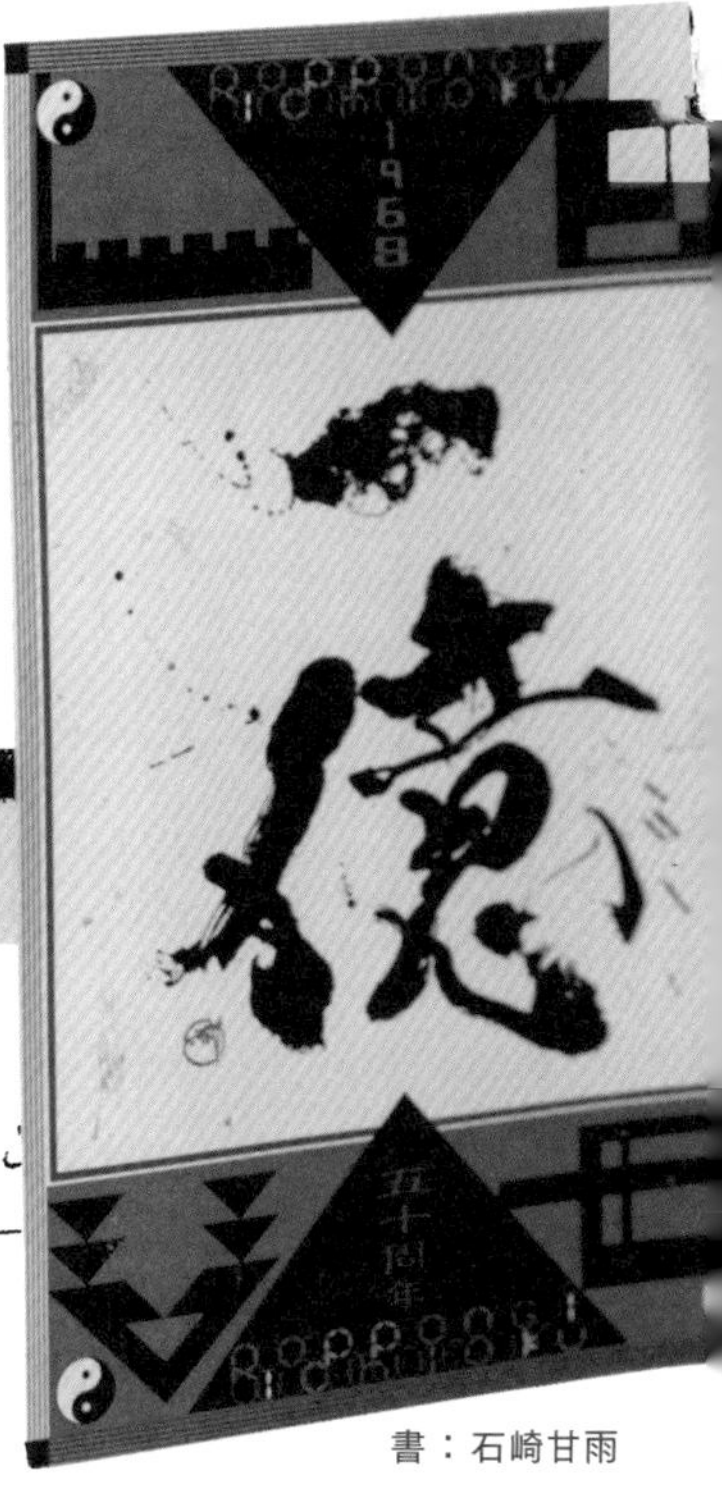

書：石崎甘雨

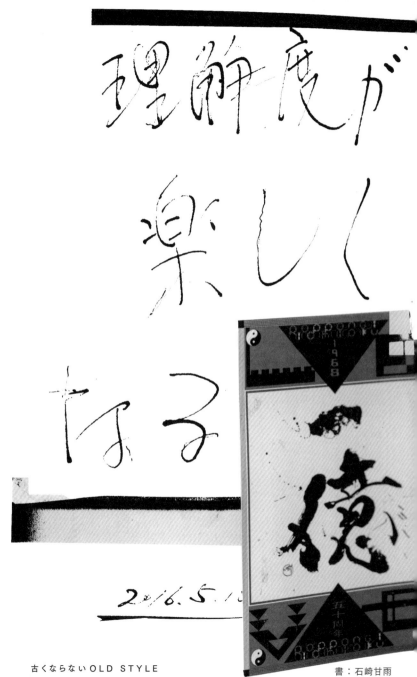

森永博志

1950年生まれ。3歳で、朝鮮動乱直後の無法と頽廃の米軍基地の町・立川で物心つく。一生にその色に染まる。小中学校では美術の成績はトップだった。書道のコンクールでも優勝する。高校は、美術部と体操部の部長をつとめる。

1968年、17歳。高校をやめ、家を出て、住みこみの新聞配達員になる。このころから、日本全国の放浪がはじまる。

1970年、20歳。広告業界、デパートの販促の活動をはじめるがすぐ飽き、やがて本作り、雑誌作りに没頭していく。70年代末より海外旅行に、世界各地をまわり、新たな編集技術を磨いてゆく。そのときの代表作が世界の島をめぐって作った『アイランド・トリップ・ノート』、中国人写真家との共著の『北京』、中国全土をめぐって作った『初めての中国人』、ウエストコーストに焦点をあてた『PATAGONIA PRESENTS』等がある。

PLANETIST NEVER DIES

都市のど真ん中で、電力、家電、時計、スマホ、電子マネー、銀行に依存しない極めて原始的生活を送っている。

何か用があったら、六本木〈一億〉にいます。

大の辺境好き。


現在、73歳だが、生まれてから一度も病気になったことなく、今回もワクチンをうたず、マスクもせず正常のままだった。

現在、生業は、大阪802のFM局の音楽系のステーション、FM cocoloの、毎週日曜日pm10:00～11:00のパーソナリティをつとめている。Radikoでも聴取可。


詳しくは、WWW.MORINAGA-HIROSHI.COM/PROFYLEに全網羅。

CLUB SHANGRI LA 1999-2001
続 シャングリラの予言　立川直樹×森永博志
Naoki "Mick" Tachikawa Hiroshi "Mackenzie" Morinaga
この対話は、
新しい都市的な教養主義にとってのバイブル、
大袈裟にいえば、二十一世紀の
『ウイルヘルム・マイスターの修業時代』とか、
『魔の山』のようなものだと思う。　福田和也
坂本龍一をゲストに迎えての
NYスペシャル・トークを収録
東京書籍　定価：本体1900円（税別）
装幀：故 菊地信義
北京
Beijing
森永博志＝著　李 長鎖＝写真
の街をいちばん楽しめる場所へ
以上通い続け、街の奥の奥、裏の裏までを知り尽くした作家と写真家が
深い歴史と刺激的な現代カルチャーが凝縮された場所を案内する
イドブック的フォト・グラフィティ
東京書籍
装幀：長谷川理
東京書籍 Established in 1909

PHOTO by SAP CHANO

NEVER《ネバー》 GET《ゲット》 OLD《オールド》
古《ふる》くならないOLD《オールド》 STYLE《スタイル》生活大全《せいかつたいぜん》

2023年8月26日　第1刷発行

著　者　森永博志《もりながひろし》
発行者　渡辺能理夫
発行所　東京書籍株式会社
〒114-8524　東京都北区堀船2-17-1
電話　03-5390-7531（営業）
03-5390-7526（編集）
https://www.tokyo-shoseki.co.jp

印刷・製本　図書印刷株式会社

ISBN978-4-487-81531-9　C0095　NDC914

本書に掲載した内容は2023年7月現在のものです。

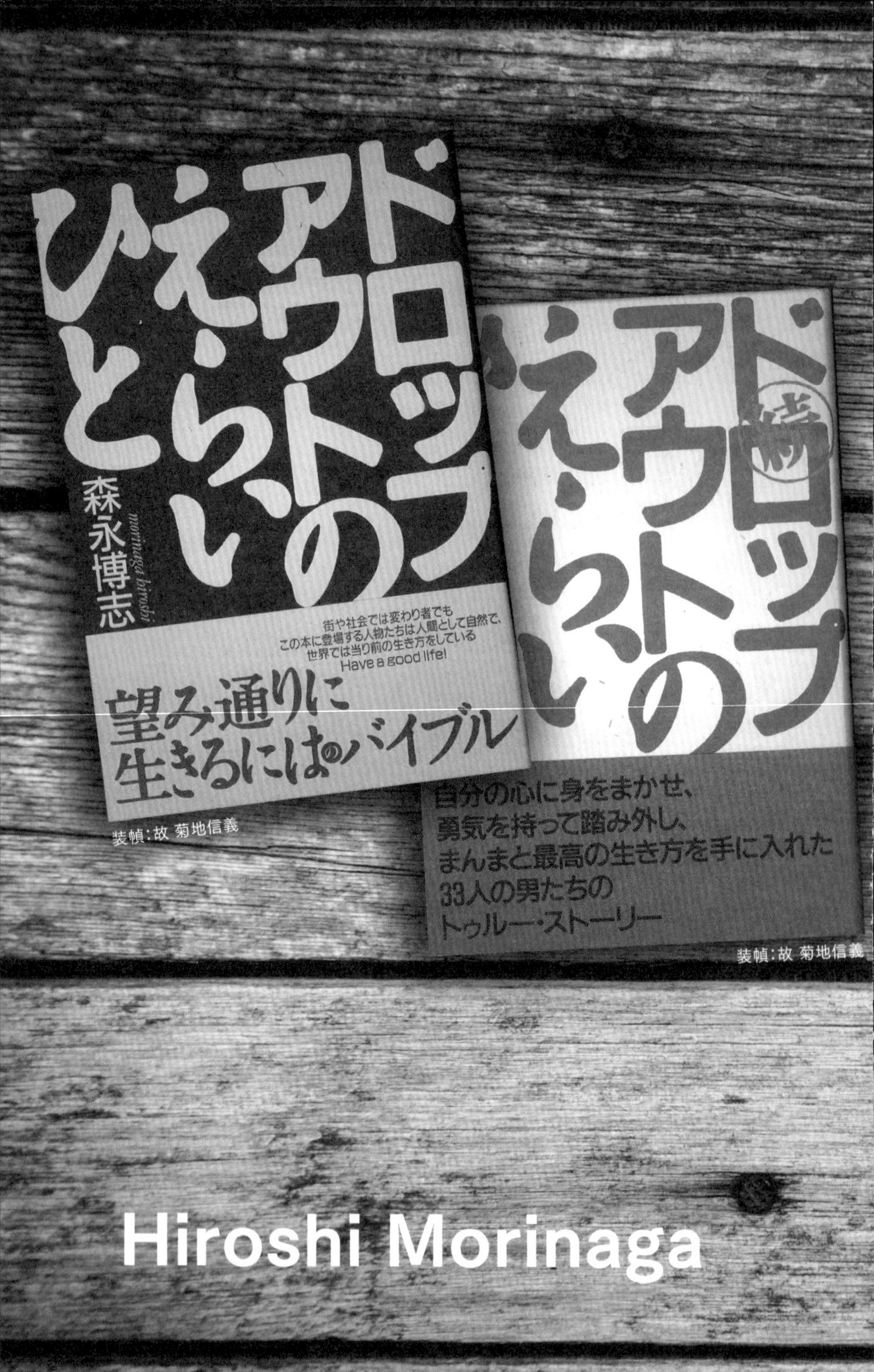
ドロップアウトのえらいひと
森永博志
morinaga hiroshi
街や社会では変わり者でも
この本に登場する人物たちは人間として自然で、
世界では当り前の生き方をしている
Have a good life!
望み通りに生きるにはのバイブル
装幀:故 菊地信義
続
ドロップアウトのえらいひと
自分の心に身をまかせ、
勇気を持って踏み外し、
まんまと最高の生き方を手に入れた
33人の男たちの
トゥルー・ストーリー
装幀:故 菊地信義
Hiroshi Morinaga